Ernst-Hartmut Lindemann

Die Reise ins Land der träumenden Puppen

Puppenträume

www.tredition.de

© 2020 Ernst-Hartmut Lindemann

Verlag & Druck: tredition GmbH, Halenreie 40-44, 22359 Hamburg

ISBN
Paperback: 978-3-7497-5350-5
Hardcover: 978-3-7497-5351-2
e-Book: 978-3-7497-5352-9

Die Reise ins Land der träumenden Puppen

Puppenträume?!

Prolog:

Ich wollte eigentlich für „jeden" schreiben.
Für den, der sonntags sein Auto putzt, für den, der abends gestresst vom harten Büroalltag nach Hause kommt, aber vor allem auch für den, der *gar kein Auto* hat.
Ob mir das gelungen ist, weiß ich nicht, aber urteile bitte nicht zu schnell.
Zum besseren Verständnis, wozu ein Prolog natürlich auch führen sollte, habe ich mir überlegt:
Ein Menü macht die ganze Sache doch viel schmackhafter.
Am Anfang nehme man eine etwas fade, aber dennoch schmackhafte Vorsuppe.
Das Hauptgericht wird gewürzt mit einer großen Portion Humor und einem Spritzer Sarkasmus. Das

Ganze wird anschließend in einem Gemisch von leichten Zweideutigkeiten und einer Prise Albernheit zu dem, was du schmecken wirst.

Mir fällt es oft schwer mich auszudrücken, wie du noch feststellen wirst, deshalb alles in zwei Sätzen:

Es wird für dich so sein wie in einen Apfel zu beißen, um nach kurzem Kauen Hühnersuppe runterzuschlucken.

Oder in einer amüsanten, optischen Warteschleife zu hängen, an deren Ende du nicht mehr weißt, mit wem du am Anfang eigentlich sprechen wolltest.

Dennoch (oder gerade deshalb) wünsche ich guten Appetit.

…rot oder doch nicht ganz so rot?

Es war am 23.10.20… gegen 15:30 Uhr, in Göttingen schien die Sonne, als mich der Blitz getroffen hat und das gleich zweimal, einer von vorn und einer von hinten.

Aus heiterem Himmel.

Wahnsinn oder?

Was war denn jetzt los?

War das das Ende?

Dreht sich die Erde nicht mehr?

Ist die Apokalypse schon da?

Diese oder ähnliche Fragen brauchst du dir gar nicht erst zu stellen, wenn du wie ich eine Blitzampel bei Rot überfahren hast.

Ich wusste also, dass ich vier Wochen zu Fuß gehen musste, was natürlich kein Mensch
Zuhause ertragen kann.
Also weg, weit weg.
Da wir sowieso im November eine Indochina Reise machen wollten, fiel unsere Wahl auf „Vietnam".
Eine Reise war geboren, nur eben aus nachvollziehbaren Gründen etwas früher.

Ende Januar machten wir uns auf den Weg zum Flughafen, ein ungemütlicher kalter Tag.
Der Flug ging über Singapur nach Hanoi.
Über Singapur ist sicher einiges zu sagen, Singapur hat die Todesstrafe und ganz klar, Singapur ist sauber, sehr sauber sogar. Mehr fällt mir aber jetzt nicht ein.
Nach zweistündigem Aufenthalt auf dem „sauberen" und „schönen" Flughafen ging es weiter nach Hanoi.
Hoteltransfer – es gibt nichts Besseres, aber glaub mir, es geht hier aber auch ohne problemlos.
Auf dem Weg vom Flughafen zum Hotel dachte ich: „Bin ich jetzt in einer Parallelwelt, einer Welt, in der Autos nur noch - wenn überhaupt - eine untergeordnete Daseinsberechtigung haben?"
Du wirst jetzt sagen, so eine Welt kann es doch gar nicht geben, doch die gibt es, und sie hat auch einen Namen…
Hanoi!

2. Hanoi I
Die Sache mit dem Glauben und dem Mut

Wir waren angekommen, angekommen in einer Stadt, die man so einfach in Worte fassen kann.

Unser Hotel.

Unser Hotel hatte was, ich weiß nicht genau was, aber es hatte was.

Stell dir ein „Interhotel" irgendwann Ende 1968 vor, dazu gebe man noch einen Billardtisch und einen großen Kronleuchter.

Zwei gelangweilt in der Nase popelnde Pagen und eine Empfangsdame, die nur zeitweise das Bedürfnis hatte, zwischen Internet und dem wahren Leben einen Unterschied zu machen, rücken den Gesamteindruck in greifbare Nähe - im nächsten Leben werde ich Hotelpage in Hanoi.

Der Fahrstuhl!

Es gibt Fahrstühle, da drückst du einfach, wenn er da ist, auf einen Knopf und schon bist du da, wo du auch hinwillst, es gibt aber auch Ausnahmen.

Kurz nachdem wir uns ausgeruht hatten - ungefähr fünfzehn Minuten - machten wir uns auf den Weg zum Hoan-Kiem See.

Der See lag ungefähr 1,8 Kilometer nördlich von unserem Hotel. Um es mal vorwegzunehmen, für diese Strecke haben wir 1,5 Stunden gebraucht. Jetzt wirst du natürlich denken, die sind langsam gegangen, haben Blümchen gepflückt und noch eine Weile in der Sonne gesessen, vergiss es.

Es gab keine Sonne, es gab keine Blümchen und langsam gehen mussten wir zwangsläufig.

Um in Hanoi die Straßenseite zu wechseln, brauchst du starke Nerven, viel Mut und Gottvertrauen.
Wir standen also auf der einen Seite, wir standen und standen und standen.
Geschätzte 6000 Mopeds pro Minute fuhren an uns vorbei. Wahnsinn, oder?
In einem Reisebericht hatte ich mal gelesen, man sollte sich an einen Einheimischen hängen und mit ihm zur anderen Straßenseite gehen, da wärst du auf der "sicheren Seite".
Da war keiner, weit und breit keiner zu sehen, der rüber wollte. Wir mussten es also alleine schaffen. Ich bin bestimmt nicht ängstlich, aber mein Mut hatte auch seine Grenzen.
Wir versuchten es.
Dank Frankreich ist in Vietnam Rechtsverkehr, was die "Aktion" auch für die Zukunft nur unwesentlich erleichterte. Ich suchte nach einer Lücke im Verkehr, um den ersten Schritt zu machen. Mit dem linken Fuß zuerst versuchte ich es.
Kennst du das, es ist Sommer, es ist heiß, das Wasser ist kalt?
Du stehst am Beckenrand und willst nur mal die Wassertemperatur testen.
"Mit dem linken Fuß."
Ich habe die Temperatur fünfmal getestet, dann endlich eine Lücke. Ja, schon mit dem Mut der Verzweiflung gingen wir auf die Straße und dachten dabei:

„Warum uns, warum sollte ausgerechnet uns etwas zustoßen, tausende andere Touristen hatten es doch vor uns auch geschafft!?"

Eng aneinander gepresst gingen wir weiter, immer weiter, bis endlich die andere Seite erreicht war. Man muss nur langsam gehen, nicht stehen bleiben und auf keinen Fall abbrechen und zurück gehen. Letzteres könnte böse enden.

Geschafft!

Hierzu auch meinen aufrichtigen Dank an alle vietnamesischen Mopedfahrer, die außer Gas geben und hupen auch über ein außergewöhnliches fahrerisches Können verfügen.

Erleichtert und stolz, ja wirklich stolz und in der Gewissheit, etwas ganz Besonderes geleistet zu haben - es war ja nur ein kleiner Schritt, aber ein Schritt in die richtige Richtung - gingen wir weiter zu unserem eigentlichen Ziel: dem Hoan-Kiem See.

Wer jetzt denkt, zu den gerade erzählten Straßenverhältnissen gäbe es keine Steigerung mehr, der irrt sich, es gibt sie. Später mehr. In allen Städten Vietnams gibt es Bürgersteige, na also, dann ist doch alles klar, oder?

Nichts ist klar.

Die Bürgersteige gehören den Mopeds, alles zugeparkt mit Mopeds, wenn du Glück hast, kannst du mal fünfzehn Meter gehen, ohne auf die Straße ausweichen zu müssen.

Wenn keine Mopeds dort stehen, sind es "Kinderstüh-lchen", die dir den Weg versperren oder anderes. Ampeln, ja es gibt sie sogar mit DDR-Ampelmännchen, aber oft sind sie defekt, glaub es mir. Man steht davor und wartet auf Grün, man wartet und wartet und w…. Einheimische kommen vorbei, schauen dich mitleidig an und gehen weiter - mit einem Grinsen im Gesicht, da könnte ich wetten.

Die Lampe hinter dem grünen Männchen war defekt, klar, kann schon mal passieren, aber auf beiden Seiten?

OK, du denkst jetzt, das ist doch alles ein alter Hut, so ist es doch in jeder Stadt Asiens.

Ist es nicht.

Um es dir mal zu verdeutlichen, eine Tuc-Tuc-Fahrt quer durch Bangkok zur Rushhour ist im Vergleich zu Hanoi wie ein Osterspaziergang mit Oma Gerda durch den Kurpark von Bad Orb.

Diese Umstände rücken unsere Zeit von anderthalb Stunden sogar in rekordverdächtige Dimensionen, o-der?

Ach so, bevor ich es vergesse, du solltet gesund sein, ja wirklich, nicht nur körperlich. Wenn du also mit dir im Reinen bist und eine gewisse Ausgeglichenheit an den Tag legst, bist du in Hanoi nicht verkehrt.

Da waren wir nun am Hoan-Kiem See.

Ein großer See mit einer Insel, auf der Insel ein kleiner Tempel, der mit einer Brücke zum Ufer verbunden und nachts beleuchtet war, wirklich malerisch.

Wir hatten heute keine Lust mehr auf den See. Morgen, aber nicht heute.

Heute hatten wir Durst, viel Durst!
Als wir nach einem Lokal Ausschau hielten, fiel uns ein merkwürdiges Gebäude am anderen Ende des Platzes auf, das so gar nicht in die in Hanoi vorherrschende französische Architektur Anfang des vergangenen Jahrhunderts passen wollte, ähnlich dem Kaffee Kranzler in Berlin. Da stand unter anderem irgendwas mit „Beer" drauf, ich meine jetzt natürlich auf dem Haus in Hanoi.
Wir gingen sofort hin und versuchten reinzukommen, was sich aber als nicht so einfach herausstellen sollte.
Wow, wir hatten es geschafft, nach geschlagenen fünf Minuten waren wir am Eingang. Na ja, das, was wir für den Eingang hielten - völlig untypisch klein für ein Gebäude dieser Größe. Durch einen schmalen Gang gingen wir zum Fahrstuhl, ich drückte auf den Knopf mit der Nummer 4 - soll kein Running Gag werden.
Oben angekommen öffneten sich die Türen, wir wurden von zwei "Oberkellnern" empfangen und zu unserem Tisch gebracht. Draußen sitzen, no problem.
Eben fragt man sich noch, ob man überhaupt richtig ist und nicht in der Wäschekammer landet und dann das:
Kennst du z.B. den Times Square in New York?
Man stelle sich den Times Square ohne Hochhäuser, ohne Leuchtreklamen und ohne Autos vor. Anstelle von Autos nehme man Mopeds, und zwar so viele,

dass du kaum noch einen Zentimeter Asphalt erkennen kannst.

Mit offenem Mund saßen wir da, es war fast nicht zu glauben, was sich unter uns abspielte: ein Ameisenhaufen auf zwei Rädern und einer Hupe. Von unserem Tisch aus sahen wir links ein kleines Stück vom See, geradeaus die Straße, aus der wir gekommen waren und rechts zwei Straßen, die in die Altstadt führten. Zweifellos, wir waren hier im „ersten Haus" am Platz. Na klar, das hatte was, aber natürlich auch etwas Ungewisses.

Was ich dir eigentlich sagen will ist Folgendes:

Wir hatten fünf große Bier 0,5 l und eine Schachtel Zigaretten, logisch, wir hatten am Flughafen Geld getauscht, aber würde es auch reichen?

Mit einem lockeren Wink bestellte ich - zugegebenermaßen ohne irgendeine Ahnung von dem, was mich erwarten würde - die Rechnung.

Der Oberkellner kam, legte die Rechnung auf den Tisch und ging wieder. Ein flüchtiger Blick hatte gereicht, es gibt Momente, da möchte man die ganze Welt umarmen, kennst du das?

Es ist in etwa so, als wenn du in ca. 5200 Metern das richtige Medikament zur Hand hast, oder wenn sich in deinem Bauchraum ein Gefühl breit macht, an das du dich vielleicht nur noch sehr verschwommen erinnerst.

Auf der Rechnung stand „65000" VNG.

Jetzt wusste ich es, es gab jemanden oder sollte ich „etwas" sagen?

Ja klar, es gab jemanden, der es gut mit uns meinte, in Göttingen hätte es auch geblitzt, wenn es grün gewesen wäre, 100 Pro.

Aber warum ich? Wenn du so ein Typ bist wie ich, ein Ultra-Normalo, machst du dir schon deine Gedanken, z.B. habe ich es überhaupt verdient? usw.

Ich mach's kurz: 65000 VNG sind umgerechnet so um die 2,50 Euro.

Zum Mitlesen: wir hatten für fünf große Bier und eine Schachtel Zigaretten „ZWEI EUROFÜNFZIG" bezahlt!

Ich will nicht sagen, dass es einen Gott gibt, das zu beurteilen überlasse ich anderen, aber wenn es ihn gibt, dann wohnt er mit Sicherheit hier ganz in der Nähe.

Nicht so einfach zu glauben, 10% der Leute in Vietnam glauben an Gott, ist das nicht erstaunlich?

Die Franzosen haben trotz der wenigen Steuereinnahmen doch noch einen Weg gefunden, die Vietnamesen auf den richtigen Weg zu führen. Anders gesagt: die Missionare haben gute Arbeit geleistet, Hut ab oder besser…"Gott sei Dank."

Wir zahlten und gingen, nachdem wir den kläglichen Versuch gemacht hatten, ein angemessenes Trinkgeld zu geben.

Wir machten uns auf den Weg zu unserem Hotel. Na klar, das Hotel wartete.

Du sagst jetzt: Um 21.00 Uhr, das ist doch wohl ein Witz, oder? Nach einer Flugzeit von 15 Stunden (12,5 nach Singapur und 2,5 nach Hanoi) wird das, was man so gemeinhin unter einem Witz versteht, eher zu einem Trauerspiel, glaub's mir.

Im Hotel angekommen gingen wir zur Empfangsdame - sie hatte uns irgendwann auch bemerkt - holten unseren Schlüssel und gingen zum Fahrstuhl, wir wohnten im vierten Stock.....Der Fahrstuhl kam nicht.

3. Hanoi II   Von Tempeln und Puppen

Am Morgen ging's los. Wohin? Natürlich zum Huan-Kiem See.

Wir hatten ihn ja gestern vernachlässigt und das hatte er nun wirklich nicht verdient. Rund um den See ist ein Grünstreifen, zwar nur so um die dreißig Meter breit, aber immerhin. Eine parkähnliche Oase mit Wegen, Blumenbeeten und öffentlichen Toiletten.

Zu den Toiletten: Auch auf die Gefahr, dass ich langweilen könnte... Das Gefühl hat mich übriges während des ganzen Geschreibsels nicht verlassen - ja mir wurde sogar des Öfteren nahegelegt, ich solle mich doch auf das Wesentliche konzentrieren und doch nicht so übertreiben. Aber was ist das Wesentliche und wo hatte ich übertrieben?

Na gut, lassen wir das mal mit den Toiletten, nur so viel: die Dame vor besagtem Häuschen trug eine Uniform und einen Strohhut. Sie saß zwischen vielen Wassereimern und wir mussten etwas bezahlen, danach bot sie uns an, noch bevor wir uns auf den Weg machten konnten, einen davon mitzunehmen.

Ich muss zugeben, wir waren etwas verunsichert.

Morgens machen hier die Vietnamesen „Tai-Chi" und andere Entspannungsübungen, natürlich nicht direkt vor der Toilette. Für mich gut nachzuvollziehen, sie haben es bitter nötig und wo sollen sie die in der Enge der Stadt auch sonst machen?

Nach einem kleinen Ausflug zu dem kleinen Tempel auf dem See – du weist noch, über die Brücke - gingen wir dann nach einem Abstecher in Richtung Old Quarter. Es war eigentlich nur über den Großen Platz. Was uns dort erwartete, hätten wir uns so dann doch nicht träumen lassen.

Die „Steigerung", von der ich im zweiten Kapitel gesprochen habe, hier war sie.

In der Altstadt waren die Straßen sehr eng, so eng, dass sie dem Verkehrsaufkommen überhaupt nicht mehr gerecht werden konnten, selbst die Mopeds standen und hupten. Durch die vielen Zweitaktmotoren war hier die Luft zum Schneiden.

Aber trotz allem: Die Altstadt hatte was, hier gab es z.B. eine 'Straße der Lampen'.

Du wirst dich jetzt fragen, was ist an einer Straße mit Lampen so ungewöhnlich?

Das Ungewöhnliche an der 'Straße der Lampen' ist, dass es in dieser Straße nur Lampen gibt, wirklich: Hier gibt es nichts anderes, nur Lampen, auf beiden Seiten der Straße ein Lampenladen an dem anderem.

Habe ich eigentlich mal erwähnt, dass die DDR der Partnerstaat von Vietnam war?

Wieso komme ich erst jetzt darauf, die Ampelmännchen hätten mich auch schon früher drauf bringen können.

Zum Thema: Hier gab auch noch andere Straßen, z.B. die 'Straße der Blumen'. Was soll ich sagen: Die 'Straße der Blumen' war natürlich genauso "aufregend" wie die 'Straße der Lampen'. Man könnte das jetzt noch endlos fortsetzen, denn es gab hier noch genug Straßen. Und dann gab es auch noch die Markthalle.

Ok., du sagst jetzt, „das war doch bestimmt mal was anderes", na ja, wie man das so sieht.

Die Halle war alles in allem ein imposantes Gebäude, wer jetzt aber erwartet hat, hier würde sich die Vielfalt Vietnams spiegeln, der täuscht sich.

In dieser Markthalle gab es nur Textilien und wenn ich sage, nur Textilien, dann meine ich auch, es gab wirklich nur Textilien. Ich habe nichts gegen Textilien, aber ich habe in dieser Halle auch anderes erwartet.

Es war ernüchternd oder hatte ich zu viel erwartet?

Bis zu diesem Zeitpunkt sah ich etwa sechzig Touristen in Hanoi, in dieser Halle „keinen".

Habe ich jetzt das Old Quarter zur Lachnummer gemacht?

Ich denke nicht.

Es ist nur einfach so, du erwartet etwas und dieses etwas ist nicht da. Ich hoffe, es bleibt auch so.

Ich glaube, ich habe jetzt genug über die Altstadt aus meiner Sicht gesagt.

Habe ich schon erwähnt, dass wir vorher Karten gekauft haben?

Ne' wirklich, wir haben sie gekauft. Es war für mich so, als würde ich in der U-Bahnstation meines Vertrauens zwei Bettler ignorieren, um dann an der Abendkasse den Hauptgewinn kassieren zu können. ...

Wir hatten uns vorgenommen, zum Literaturtempel zu gehen.

Ich muss vorausschicken, dass ich weder von Literatur, noch von Tempeln auch nur die geringste Ahnung habe, dennoch, oder sollte ich besser sagen, gerade deshalb, gingen wir hin. Ja wirklich, wir gingen, es ist mir bis heute noch ein Rätsel warum, aber wir „gingen".

Wir gingen vorbei an unserem Hotel, vorbei am Bahnhof und vorbei an sehr vielen „Kinderstühlchen", wir waren da, ja wir hatten es geschafft.

Ich frage mich heute noch, warum wir so viel gelaufen sind, es geht auch anders.

Nach nur leichten Verzögerungen standen wir vor einer riesigen Mauer.

Rechts oder links, das war jetzt die Frage!

Versteh mich jetzt nicht völlig falsch, aber ich stellte mir in diesem Moment auch noch eine andere Frage:

War ich hier auf einem Kindergeburtstag oder auf einem türkischen Basar? Hier waren Stände aufgebaut wie bei einem Flohmarkt.

Apropos, wir waren gerade in Istanbul, Istanbul ist geil, aber wenn du dir den Gesamteindruck dieser einzigartigen Stadt nicht völlig versauen willst, mach besser einen großen Bogen um den großen Basar!

Jetzt aber zurück zum Thema:

Wir gingen nach links, und wir waren richtig - Zufall?!

Den Kurpark von Bad Orb hatte ich glaube schon mal erwähnt, es könnte aber auch genauso gut die Hasenheide in Berlin sein. Auf keine der beiden Anlagen weist ein Hinweisschild wie z.B. "EINGANG" hin.

Wieso also beim Literaturtempel, eine der Hauptsehenswürdigkeiten Hanoi's?

Am Eingang bezahlten wir (wie auch schon am See, du weißt noch: der Tempel) so um die 20 Cent.

Der Tempel ist sehenswert. ...Aber hier gibt es keine Buddhas.

Schade, aber hier gab es wirklich keine Buddhas.

Jeder würde jetzt sagen: O.K., machen wir das Beste daraus.

Ich habe das Beste draus gemacht, ich habe Wasserpuppen in eindeutigen Situationen fotografisch festgehalten. Um's mal etwas verständlicher zu machen: Die Wasserpuppen waren im Literaturtempel ausgestellt, um sie fotografieren zu können.

Jetzt fragst du dich natürlich, was sind Wasserpuppen, auch dazu später mehr.

Ich habe mich auch gefragt: „Was hat diese Anlage mit einem Literaturtempel zu tun?"

Ich sag's mal so, der Literaturtempel ist aus meiner Sicht weder schön, interessant oder aufregend. Noch werden deine Erwartungen, die du dir eventuell zurechtgelegt hast, in irgendeiner Weise auch nur annähernd erfüllt.

Karin und selbst ich Kulturbanause hätten uns zum Literaturtempel mehr Informationen gewünscht. Weder am Eingang, noch innerhalb der Anlage wurde über ihren in der Vergangenheit eigentlichen Verwendungszweck ausreichend informiert.

Ich bringe es mal wieder in die richtige Richtung:

Der Tempel war eine Oase, allein die Tatsache, dass der Lärm der Mopeds nur noch in gedämpfter Form durch die "Heiligen Hallen" schwebte, weckte in mir eine gewisse Sympathie. Der Tempel bestand aus drei Hauptgebäuden, die durch entsprechende Innenhöfe voneinander getrennt waren.

Die gesamte Anlage hatte etwas von einer gewissen Aufgeräumtheit.

Du warst sicher mal irgendwann zu Bekannten eingeladen und diese Bekannten wollten dir zeigen, dass die neue Sofagarnitur viel besser ist und sich natürlich auch nahezu ansatzlos in die Gegebenheiten der Schrankwand bzw. des neuen Fernsehers einfügt, besser, als das natürlich vorher der Fall war.

Na klar, unter Aufgeräumtheit versteht jeder etwas anderes. Der Rasen war gemäht, die Teiche gesäubert und die Bauwerke waren in einem sehr guten Zustand, sozusagen picobello.

Was ich zu dem Zeitpunkt noch nicht wusste, auf unserer weiteren Reise durch Vietnam sollte so ein Zustand leider nicht mehr zu sehen sein.

Irgendwo zwischen den Hauptgebäuden gab es ein bemerkenswertes Ereignis.

Eine Hochzeit, warum hier? Liebe Leser, ich weiß es nicht.

Nur so viel, die Braut trug ein weißes Brautkleid, der Bräutigam einen Smoking.

Auf die Mopedhelme hatten sie verzichtet, sie trugen Schleier und Zylinder.

Offensichtlich eine christliche Hochzeit. Jetzt könnte man meinen, das ist ein "guter" Tempel, aber ich glaube, man kann es so oder so sehen.

Wir mussten uns jetzt auf den Weg machen, denn wir hatten heute Abend noch etwas vor.

Moment, eins noch.

Ein Buddha, den ich mal anfassen durfte, war fünfzehn Meter groß, er „lag" da und war von Kopf bis Fuß mit Gold überzogen, irgendwie aufregend oder?

Was hatten wir also hier noch zu suchen in einem Tempel, wo außer fragwürdigen Hochzeiten und Buddhas, die nicht in der Lage waren, sich halbwegs in den Vordergrund zu stellen, ein beschauliches Nichts vorherrschte?

Ich weiß, hier war nicht das „reiche Thailand", hier war Vietnam. Selbst wenn es hier einen Buddha ähnlichen Ausmaßes gegeben hätte, würde er nicht liegen, nein, er würde "stehen" und das auch noch auf einem verdammt hohen Sockel.

Du wirst jetzt sagen, „ich habe noch nie einen stehenden Buddha gesehen", ich auch nicht. Zu behaupten, dass der Glaube zu Buddha bei Thailändern ausgeprägter als bei Vietnamesen ist, wäre zu diesem Zeitpunkt reine Spekulation. Es geht aber nicht nur um „Glauben", es geht auch um „Geld und Gold". Hast du einmal versucht, bei einem liegenden Buddha Goldblättchen aufzutragen, die du vorher für Geld gekauft hast?

Es geht sehr einfach, glaub' es mir.

„Bei einem stehenden Buddha, der sich noch dazu auf einem hohen Sockel befindet, sind der Einfachheit enorme Grenzen gesetzt."

Der Tempel hatte das eine nicht und vielleicht das andere auch nicht, aber eins hatte er ganz bestimmt, er hatte einen großen Lerneffekt.

Was bei einem "Literaturtempel" ja zweifelsfrei eine Selbstverständlichkeit sein sollte.

Jetzt gingen wir, wir mussten nicht gehen, aber wir „gingen"!

Warum?

Bis heute weiß ich nicht, warum wir in dieser großen Stadt (6.000.000 Einwohner) immer gelaufen sind.

Hier gab es Busse.

Hier gab es Taxis.

Hier gab es Mopedtaxis.

Hier gab es Mopedverleih.

Hier gab es auch Fahrradverleiher.

Und es gab Fahrradrickschas.

Auf Letztere komme ich später noch zurück.

Fragt sich da nicht jeder, warum wir so viel gelaufen sind?

Deutschland, ein paar Stunden vorher:

Der 17-jährige Sascha W. hatte gerade in diesem Moment die „Frau seines Lebens" kennengelernt. Sie hatte für ihn das, was eine Frau ausmacht. Schwarze Haare in einer Kurzhaarfrisur und zwei Augen, die W. bis zu diesem Zeitpunkt noch nicht in Worte fassen konnte.

Ja, es fiel ihm schwer, sich „auszudrücken."
War er zu schüchtern?
War es zu laut in der Disco?
Er nahm seinen ganzen Mut zusammen und ging hin zu seiner Göttin, die noch mit einem befreundeten Paar an der Theke saß.
Zu den letzten, die aus der Dorfdisco geschmissen wurden, gehörten: Die Göttin, Sascha und das Paar.
Sascha hatte den ganzen Abend nur ein Bier getrunken, bei den anderen war das nicht der Fall!
Sascha ging mit Heike zu seinem Moped, die anderen zum Auto. Sie warteten mit laufendem Motor so um die drei bis vier Minuten. Währenddessen mühte sich Sascha mit dem Kickstarter ab.
"Heike, komm doch endlich, das hat doch keinen Sinn mit dem", riefen sie ihr zu.
Schon dem Verzweifeln nahe gab Sascha sein Letztes, doch dieses verdammte Moped wollte nicht anspringen. Nur noch verschwommen sah er Heike durch die leicht beschlagene Scheibe auf der Rückbank sitzen.
Als beim Anfahren die Kiesel an seine Hose spritzten, glaubte er bei Heike noch so etwas wie ein Winken zu sehen, oder irrte er sich?
Nur kurz sah er dem Auto hinterher, hörte in der ersten Kurve die Reifen quietschen, um dann die Rücklichter im Nebel verschwinden zu sehen. Er versuchte es noch ein paar Mal, nein, es hatte keinen Sinn, er musste sein Moped schieben, 5,5 Km.
Am nächsten Morgen holte der Russlanddeutsche Sascha W. seine Borschtsch aus der Mikrowelle, setzte

sich an den Küchentisch, schlug die Zeitung auf und las.

Das, was da auf der zweiten Seite stand, ließ seinen Atem stocken, den Löffel in die Suppe fallen und sein Blut gefrieren.

Sascha W. hat seine Suppe nicht mehr gegessen.

Na klar, der junge Mann hatte offensichtlich ein "Beförderungsproblem."

Wir nicht!!!

Wir hatten noch etwas vor. Ich habe klare Anspielungen gemacht, habe erzählt von Leuten, die betteln und einem Hauptgewinn.

Um's mal zu verdeutlichen, wir hatten nicht nur die besten Plätze, sondern mit Sicherheit auch die beste Vorstellung.

Ja, ja, ich komme zur Sache. Natürlich hast du schon längst erkannt, um was es geht, es geht um das "Wasserpuppentheater."

Die Frau an der Kasse sagte: "Sorry, es gibt keine Karten mehr für die 18.00 Uhr Vorstellung."

Die Enttäuschung stand uns buchstäblich ins Gesicht geschrieben.

"Aber für die Spätvorstellung um 21.00 Uhr gibt es noch genug Karten", sagte die junge Dame schnell nach einem kurzen Blick in unsere Gesichter.

„Sie können sogar in der ersten Reihe sitzen und auch noch in der Mitte."

Ohne auch nur das geringste Zögern kauften wir die Karten.

Das war so um 10.30 Uhr morgens und jetzt wussten wir, der Tag wird unser Freund.

Und das war auch gut so, denn wir hatten heute noch viel vor, wie du schon weißt, dass Old Quarter und der Literaturtempel warteten schon auf uns.

Gegen 17.30 Uhr verließen wir den Literaturtempel und gingen zu unserem Hotel, später machten wir uns auf die Suche nach etwas zu essen. Um die Ecke war ein Restaurant mittlerer Preisklasse, ein Vietnamese.

Ein Menü, das richtig gut schmeckt, kostet hier inklusive Getränk so um die 5-6 Dollar, (es geht aber auch noch billiger). Alles, was der Mensch wirklich brauchte, war hier richtig günstig. Die sozialistische Republik Vietnam wurde uns aufgrund dieser Tatsache nicht gerade unsympathischer.

Jetzt mussten wir aber weiter zu unserem Hauptgewinn, übrigens:

Wir sind dabei keinem Bettler begegnet, in ganz Hanoi haben wir keinen gesehen.

Und jetzt saßen wir da im Vorraum des Theaters, waren aufgeregt und warteten darauf, dass uns der Gong, ein Licht oder ein anderes Zeichen in eine neue, "ganz andere Welt" mitnehmen würden.

Eine Klingel war es, eine stink-normale Klingel!

Wenn man bei dieser Klingel überhaupt noch von „normal" reden konnte.

Das Geräusch eines "Zahnarztbohrers" wäre im Vergleich zu dieser Klingel wie der gedankenverlorene, säuselnde Singsang einer Jungfrau bei Vollmond.

Wir standen auf und gingen zu der großen Treppe, vorbei an alten U.S.-Kinoplakaten der Fünfzigerjahre, z.B. 'Casablanca', 'Vom Winde verweht', usw.

Im ersten Stock angekommen sahen wir sie, hier waren Wasserpuppen ohne Ende. Sie standen in Vitrinen oder auch nur auf Regalen. Von 10 cm bis 80 cm Höhe war alles da.

Natürlich waren alle aus wasserabweisendem Holz und mehr oder weniger gut geschnitzt, die Lackierung hatte nur bei einigen ihre Schwächen. Man konnte sie auch kaufen, je nach Größe und Verarbeitung lag der Preis, wie auch schon bei der Größe in cm, so um die 10 bis 80 Dollar. Jetzt saßen wir da, ich muss es noch mal erwähnen, in der Mitte der ersten Reihe und warteten; die Plätze füllten sich.

Es war nicht besonders groß, das Theater, eher klein, was dem Ganzen aber einen angenehmen familiären Touch verlieh. Statt einer Bühne war hier ein Planschbecken: 5 x 6 Meter, dahinter ein Vorhang. Links neben dem Planschbecken auf einer Empore hatte das „Orchester" platzgenommen. Die 5-6 Frauen und Männer hatten seltsame Instrumente und dann gab es auch noch den Ansager, der die vielen kleinen Geschichten angemessen auf Vietnamesisch in Szene setzten würde.

Eine korpulentere Frau mittleren Alters strich mit ihrem Bogen über die tiefe E-Seite ihres Instrumentes! Das Licht erlosch nur zögernd, aber die Gespräche brachen abrupt ab. Natürlich will ich nicht zu viel verraten, nur so viel: Die Puppen hingen nicht an Seilen und es gab Special Effekts. Das „Urmel" und eventuell selbst der große „Jim Knopf" wären hier wahrscheinlich aus dem Staunen nicht mehr rausgekommen.

Nach der Vorstellung ging der Vorhang hoch und die Puppenspieler schritten mit ihren Fischerhosen gemächlich in die Mitte des Beckens. Nach einer kleinen Verbeugung (eine große ist im Wasser auch etwas schwierig) konnten sie dem tosenden Applaus der Zuschauer sicher sein.

Es war für mich nicht nachvollziehbar, wie man Puppen mit so einer naiven Ernsthaftigkeit und Spielfreude führen konnte. Ja, ich hatte sogar das Gefühl, mit im Boot zu sitzen, als die Fische einen Streich spielten und dem Fischer wieder aus dem Netz sprangen.

Und einen Moment hatte ich auch den Eindruck, so etwas wie Wassertopfen an meinen Händen zu spüren.

Jetzt mal unter uns, wer hätte gedacht, dass im Sozialismus die Puppen tanzen und das auch noch für wenig Geld.

Vielleicht war ich aber auch einfach nur müde. Vergangene Nacht hatte ich schlecht geschlafen, das sollte sich heute Nacht hoffentlich ändern.

Wir gingen die große Treppe runter, noch ein kurzes Stück am See entlang und dann Richtung Hotel. Dort am Fahrstuhl angekommen drückte ich auf den Kopf....

Der Fahrstuhl kam nicht.

Es war kein Problem, wir wohnten nur im 4. Stock und die Treppe war ja wirklich sehenswert.

Auf dem ganzen Weg zum Hotel und auch jetzt noch hier im Bett schossen mir unzählige Gedanken durch den Kopf wie z.B:

Geht denn das?

Der hat eine schöne Jacke.

Für ein paar Dollar mehr.

Ja ich fragte mich: „Warum haben sie es nicht getan?" Warum haben unsere amerikanischen Freunde nicht einfach das gesamte Ensemble einschließlich aller Wasserpuppen gleich dabehalten? Bei einer der zahlreichen Tourneen, die sie unter anderem auch in die USA führten, dürfte das doch kein Problem gewesen sein. Sicherlich müsste man gewisse Leute an den richtigen Stellen kitzeln, aber spätestens dann würden sich manche Augen dollargrün verfärben.

„Walt Disney" hatte das mal eindrucksvoll dargestellt…

„Anrufen, wen wollt ihr denn anrufen?"

„Ach, Zuhause, no problem, wir haben jetzt schon so viel in euch investiert, da kommt's auf die Paar Dollar auch nicht mehr an, aber fasst euch kurz, wir müssen heute noch weiter."

„Hallo Mama, wie geht es euch?

Ja, mir geht es auch gut.

Wirklich, mir geht es sogar sehr gut.

Du, ich hab's eilig, ist Kim da?

Gib sie mir doch mal.

Hallo Kim.

Ja, es ist schön, dass die Kleine ihre Hühnersuppe aufgegessen hat, ich kann nicht mehr lange reden.

Es haben alle unterschrieben!

Das will ich doch gerade erzählen, aber du lässt mich nicht zu Wort kommen.

Wir fliegen jetzt nach Florida."

"Time is Money meine Herren, der Bus steht bereit, und der Flieger wartet nicht!"

Erstaunlicherweise war Disney World in Orlando schon auf die Ankunft vorbereitet. Am Pappmaché Theater wurden noch die letzten Pinselstriche gemacht, dann konnte das Gerüst endlich abgebaut werden.

„He Joe, stell endlich das verdammte Moped auf das Band und zwar heute noch!"

Ralf, der Vorarbeiter, war kein schlechter Mensch und eigentlich sehr beliebt bei seinen Leuten, nur es gibt Tage, du weißt schon.

"Mach hin, die Truppe aus Vietnam ist schon da."

„Wenn bloß nicht dieser verdammte Zeitdruck wäre, bis übermorgen, wie soll ich das schaffen?", fragte er sich noch, aber sein Boss und seine Leute wussten, auf den Mitarbeiter des Jahres konnten sie sich verlassen. Sie schafften es.

O.K., anfangs lief das Band mit den Mopeds noch etwas ruppig, was aber für Dan und Rodriguez, zwei Monteure von der Frühschicht, kein großes Problem sein sollte.

Pünktlich konnte die Vorstellung beginnen. Die Besucher setzten sich auf die Mopeds und "fuhren" mit Begleitung vietnamesischer Volksmusik in das Theater ein.

Ich will nicht alle Schwierigkeiten aufführen, die es gegeben hat mit der großen und teureren Dolby Surround Anlage usw., das ist auch nicht erwähnenswert, das größte Problem waren eigentlich nur noch die Vietnamesen.

Sie wollten überhaupt nicht einsehen, dass hier keiner, ja wirklich keiner glückliche Bauern oder Fischer sehen wollte. Menschen, die ihre Arbeit noch gerne machten und Spaß dabei hatten, stießen bei den Besuchern auf mitleidiges Unverständnis.

Für ein paar Dollar mehr war die Kuh vom Eis.

Von den vielen, zugegeben guten Vorschlägen, die auf dem Tisch lagen, kamen nur zwei infrage: 'Der weiße Hai' und 'Bonanza'. Es wurde 'Bonanza'.

'Der weiße Hai', der ja eigentlich viel besser gepasst hätte, wurde aufgrund enormer Bedenken - auch in Anbetracht der jüngeren Besucher - erstmal auf Eis gelegt.

Er sollte, wie es auch noch in der Überlegung war, kein Schmusemonster werden.

Also 'Bonanza' kennt natürlich jeder, na ja, die im Tal der Ahnungslosen und weite Teile unserer jüngeren Generation mal ausgeklammert….

...Abends so gegen 20.00 Uhr saß Ben Cartwright, ein Mann mit tiefer Stimme und dem Blick für Gerechtigkeit und das Gute im Menschen, zusammen mit seinen Söhnen Little Joe und Hoss am Esszimmertisch.

Little Joe hatte heute Abend zum ersten Mal seine neue Jacke an.

„Hop Singh", der schon etwas in die Jahre gekommene Koch der Cartwright, stand mit dem großen Silbertablett am Tisch und wollte gerade den zweiten Gang servieren....

"Was ist denn das schon wieder für ein scheiß Fraß, die Suppe schmeckt ja wie Abwaschwasser, hast du das Wasser aus dem Tümpel hinterm Stall geholt, die Nudeln schmecken wie Regenwürmer", schrie Ben!

Hop Singh erschrak und wollte mit einem krampfhaften Griff am Silbertablett seine Wut unterdrücken. Und er dachte: „Du alter Geizkragen, wenn du mir nur ein paar Dollar mehr geben würdest, könnte die Suppe viel besser schmecken, Zutaten sind teuer. Warum musstest du Little Joe auch unbedingt eine neue Jacke kaufen?"

Komisch, in seinen Gedanken hatte Hop Singh überhaupt keine Probleme mit den R's.

Sie saßen da, wo sie hingehörten und sie hörten sich in seinen Gedanken auch an wie R's, nur beim Sprechen war das nicht der Fall.

Aber sagen wollte er auch noch was, unbedingt!

Hop Singh, der eigentlich nur durch Zufall da war, dachte kurz darüber nach, was er Ben Cartwright zu verdanken hatte. Die Eltern von Hop Singh hatten damals die teure Überfahrt ins Land der unbegrenzten

Möglichkeiten bezahlt. Er war gerade mal fünfzehn, als sie in San Francisco vor Anker gingen, endlich das Land seiner Träume!?

Die bunten Schilder über den Läden faszinierten ihn. Er spürte sofort irgendwie, hier war er richtig. Er wartete nicht auf die Reling, die alte Frau, die er dabei fast umriss, und seine Eltern, die er nur noch schwach hörte, sollten dabei kein Hindernis sein.

Er war der Erste von seinem Schiff und in der „schönen neuen Welt. "

15 Jahre später sollte Hop Singh sein Kreuz an der richtigen Stelle machen. Er fragte sich: „Wenn alle nur ein Kreuz machen, muss ich auch eins machen, oder soll ich meinen Namen schreiben? "

Ein Mitarbeiter der Pacific Railroad Company machte ihn noch darauf aufmerksam, dass er auch seinen Namen schreiben könne...er machte sein Kreuz.

Ungefähr drei Jahre später kam es bei der Pacific Railroad Co. zu einem eigentlich nicht nennenswerten Zwischenfall...

Hop Singh ging es gut, es ging ihm sogar sehr gut. Keiner seiner chinesischen Freunde hätte das auch nur ernsthaft infrage gestellt. Wenn er nach der Arbeit durch die Straße ging, sah man ihm kaum an, dass er sein Bein etwas nachzog.

Weit hatte er es nicht, es war nur über die Straße, wo zweimal die Woche eine hölzerne Pritsche und ein „Pfeifchen" auf ihn wartete. Hop Singh wusste, dass man etwas vorsichtig sein musste, aber auf seinen Landsmann "Enjoy" war ja Verlass.

Während er so da lag, dachte er: Wie sehen sie wirklich aus, die Frauen, die unten bei Fisherman's Wharf auf und ab gingen? Was hatten sie für Kleider an, nach was rochen sie und vor allem, wie bewegten sie sich?

Nein, Hop Singh hatte keine Probleme, jedenfalls keine großen. Als damals seine Frau die Whiskyflasche an die Wand warf, wurde ihm zwar etwas klar, aber nicht, warum sie eine Woche später mit einer Langnase, dessen Name er nicht aussprechen konnte, auf dem Weg nach Norden ins Glück sein würde.

Glück, ja Glück, das hätte sie doch auch hier mit ihm finden können.

O.K., seit seinem Unfall bei der Eisenbahngesellschaft war es ganz vorbei mit seiner Potenz. Es sah zwar schon vorher nicht besonders gut damit aus, aber die Eisenbahnschwellen hatten ihm den Rest gegeben.

Als beim Abladen von einem Wagon ein Teil der vereisten und schneebedeckten Schwellen ins Rutschen kam, konnte Hop Singh nicht schnell genug zur Seite springen. Drei der Schwellen hatten ihn erwischt. Eine davon zerschmetterte ihm seine rechte Hüfte, die anderen zwei sind nicht weiter erwähnenswert.

Der Vorarbeiter, ein stämmiger Ire namens Terry O'Connor, sorgte persönlich dafür, dass Hop Singh gleich, wenn der Zug abgeladen war (ca. 6 Stunden), zurück in die nächste Stadt zum Doc kam.

Die Zugfahrt dauerte ewig und das Bett aus Stroh und alten Decken konnte seine Schmerzen nicht wesentlich lindern. Endlich waren sie da, doch der Doc sagte:

"Ich kann hier nichts anfangen mit dem Kerl, er muss nach San Francisco, dort kann man ihm helfen." Zu diesem Zeitpunkt hatte Hop Singh genau 234 Dollar gespart, er wollte mit seiner Frau ein Restaurant eröffnen.

Jahre später saß Hope Singh hier und wusste selbst nicht genau, warum er immer hier saß. Vielleicht, weil es gegenüber der Wäscherei war, in der er seit vielen Jahren arbeitete, vielleicht aber auch, weil der Whisky, den er hier kriegte, nicht so teuer war?

Hop Singh wusste natürlich, dass ein bisschen Wasser in dem Whisky war, aber was sollte er sagen? Nach 14 Stunden Arbeit in der Wäscherei hatte er keine Lust, auch nur einen Gedanken darüber zu verlieren.

Er machte sich auch keine Gedanken darüber, dass kurz vorher keine zehn Meter von ihm auf der Straße ein Mann, der hier nicht hergehörte, von einer ihm bekannten Dame oral befriedigt wurde. Sie hatten sich noch nicht einmal die Mühe gemacht, an die Seite zu gehen. Hop Singh kannte das alles schon und nicht nur das. Er kannte auch das Gefühl, wenn nasser, übelriechender Schauer sich über ihn ergoss und noch vieles mehr.

Als Mr. Hope ihm die zweite Flasche Whisky an den Tisch brachte, wusste er nicht mehr, ob er sie überhaupt bestellt hatte, aber eins wusste er, ihm ging es gut.

Eine Stunde später war die zweite Flasche noch zur Hälfte voll. Hop Singh war klar, wo er war, aber er konnte kaum glauben, was er sah.

Natürlich, es war ungewöhnlich, deshalb fixierte er wie immer eine Stelle in der Decke an, in der er sich nicht täuschen konnte, da war ein Nagel. Unter der Decke sammelte sich der Rauch und er konnte sicher sein, wenn er den Nagel noch sah, war alles in Ordnung.

Für „Little Joe" war das eine andere Welt, in der er jetzt war, kein Mensch, auch nicht sein Vater, hätte ihn auch nur ansatzweise vorbereiten können. Stacheldraht, er musste vier Wochen fahren wegen Stacheldraht!?

Nicht nur wegen des Stacheldrahts saß Little Joe in der übelsten Spelunke von Chinatown, er hatte sich einfach nur verlaufen. Im Gespräch mit dem Wirt, einem gewissen Hope, zeigte dieser auf einen Tisch, der etwas abseits lag. Hop Singh, dem zwischendurch oder irgendwann trotz Tabakqualms ein Blick auf den Tresen gelang, wunderte sich.

Der Fremde sah aus, als sei er nicht ernst zu nehmen, er saß da und redete mit dem Wirt.

Es war nicht, dass er mit dem Wirt redete.

Es war nicht, dass er Kaffee trank.

Es war, "wie" er da war.

Er war bis auf eine alte Jacke sehr auffällig gekleidet. Es war der Hut, es war die Hose, es war der Colt, es waren die Stiefel. Was genau, wusste er selbst nicht und er wollte es auch nicht wissen. Ihm war nur klar, dass der Fremde in dieser Gegend, wenn er Glück hatte, nur noch kurze Zeit zu Leben hatte! Verdammt, jetzt hatte er wegen des Fremden vergessen, sich auf das Wesentliche zu konzentrieren, der Nagel war auch *durch den dichten Rauch noch zu sehen, „Gott sei Dank!"*

Little Joe hatte ernsthafte Zweifel, das sollte der neue Koch auf der Ponderosa werden, ein Mann, der an einem der hinteren Tische saß und suchend, ja schon verzweifelt zur Decke starrte?

Er sah Mr. Hope fragend an.

Hope nickte und sagte: „Der oder keiner."

Das leichte Grinsen konnte er nur verbergen, indem er sich abwendete.

Little Joe ging nach seinem Kaffee auf einen der hintersten der Tische zu.

Es war am frühen Morgen, als sie abfuhren.

Hop Singh dachte, er wäre für alles gerüstet, er hatte zwar nur einen Seesack, aber ihm ging es gut.

Nach drei Tagen wurde Little Joe klar, dass es so nicht weitergehen konnte.

Hop Singh war nicht mehr er selbst, er suchte ständig nach etwas, was nicht da war.

Für Little Joe war es nur noch Stress, nicht nur, dass ihm der Chinese ständig vom Kutschbock gefallen war, sondern dieses Zittern.

Als Little Joe die letzte Flasche Whisky im Seesack von Hop Singh gefunden hatte, schmiss er sie an einem großen Stein kaputt. Für Hop Singh war das so, als ob nicht nur die Flasche am Stein zerspringen würde, sondern sich augenblicklich der Boden unter seinen Füssen öffnen würde. Was anschließend passierte, war die Hölle, aber nicht nur für ihn.

Little Joe machte sich ernste Sorgen um "Hop", sein Zittern war noch schlimmer geworden, er krampfte und machte unter sich, der Gestank war unerträglich! Joe machte Hop inmitten des Stacheldrahtes aus ein paar Brettern und Decken ein Lager auf der Ladefläche. Was hatte er sich bloß angetan, er wusste nicht einmal, ob dieser Chinese wirklich kochen konnte und was würde sein Dad dazu sagen?

Das war aber längst nicht alles, was Joe durch den Kopf ging, nein, es waren auch die Boltens.

Joe war ein junger Mann im Alter von 24 Jahren und dachte natürlich auch über seine Sexualität nach.

Er hatte nichts gegen Frauen, überhaupt nichts, er konnte nur nicht viel mit ihnen „anfangen" und mit der ältesten Tochter der Boltens, einer hässlichen Kröte namens Emmy, schon gar nichts. Wem sollte er sich auch anvertrauen? Mit seinem Bruder Hoss hatte er versucht zu reden, aber jedes Mal musste Hoss schnell ins Haus zum Essen oder er wurde von seinem Vater gerufen.

Als sie endlich auf der Ponderosa ankamen, waren sie 47 Tage unterwegs gewesen, das Wetter wollte es so.

"He Joe", waren die ersten Worte, die Little Joe von seinem Vater hörte.

Mr. Cartwright zeigte mit einer lässigen Bewegung in Richtung Küche und Hop Singh wusste zweifellos, dass er gemeint war.

Nach vielen Jahren bei den Cartwrights stand er nun am Tisch und wusste, dass er der Familie viel zu verdanken hatte: Warum bin ich so verkrampft, es kann *doch nicht sein, dass ich nach all den Jahren hier stehe und nichts sage?*

Er hatte das große silberne Tablett noch immer im krampfhaften GrIff!

Und endlich sagte er: "Ml. Caltwlightes, Sie haben ja lecht, die Suppe schmeckt nicht ganz so, wie sie eigentlich schmecken sollte, ich welde mich bemühen, die Suppe in Zukunft Ihlem Geschmack anzupassen."

Und ich sach's noch, mit den R's hatte er die Probleme nur beim Sprechen.

Zu Little Joe gewandt sagte Ben: „Ich habe dir nicht ohne Grund die neue Jacke geschenkt, wir fahren morgen zu den Boltens, ich hoffe, du freust dich."

Hoss, der sich während des ganzen Gesprächs nicht die Mühe gemacht hatte, von seiner Suppe abzulassen, konnte ein leichtes Grinsen nicht unterdrücken.

Als Hop Singh sich umdrehte und zur Küche ging, sah keiner der drei, dass Hop Singh heute sein Bein etwas stärker nachzog als sonst.

Riiiiinnnnggg!!!

Na klar, sie hatten genau richtig gehandelt, 'Bonanza', was sonst?

Die Leute, die verantwortlich waren in Disney World, haben gute Arbeit geleistet.

'Der weiße Hai', ein Witz!

Riiiiinnnnggg!!!

" 'Gung', verdammt nochmal, 'Gung', was machst du hier und was soll der Quatsch mit der Jacke?"

„Konfuzius sagt!"

Riiiinnnnggg!!!

„Ich will gar nicht wissen, was er sagt, und zieh jetzt endlich die Jacke aus, das ist doch gar nicht deine Jacke, das ist die Jacke von Little Joe!"

...Riiiinnnnggg!!!
Als ich den Hörer abnahm, war ich schweißgebadet, eine Tonbandstimme sagte irgendwas und ich sagte: „Vielen Dank, dass Sie uns geweckt haben, Frau Lee."
Ich sag's ja, wer solche Träume hat, braucht keine Feinde mehr. Das Schlimme war, dass ich mich an nichts erinnern konnte, eigentlich nur an eine alberne Jacke mit Fransen. Ich fühlte mich so, als wären meine Schritte auf dem Weg zur Dusche die letzten, die ich machen würde. Ich nahm mir fest vor, beim Vorbeigehen nicht in den Spiegel zu schauen, trotzdem: ein Reflex, und es war passiert.
Das Gesicht, das mich erschreckt anstarrte, sah mehr tot als lebendig aus.
Egal, eine heiße Dusche würde mir guttun, und da, wo wir jetzt hinwollten, würde mein Zustand sowieso keinen besonders interessieren.

4. Hanoi III   Kopflos in Hanoi

Es war so gegen 7:00 Uhr morgens, also praktisch mitten in der Nacht, als wir die sehenswerte Treppe nach unten gingen. Im Frühstücksraum war es leer und die Angestellten hatten uns heute noch genug übriggelassen.

Ich muss sagen, dass ich kein großer Kaffeetrinker bin, aber dieser aromatisierte Kaffee zum Frühstück, das hatte was. Dazu noch Baguette, ein paar Eier, jede Menge köstliches Obst und der Tag ist dein Freund.

Solltest du jemand sein, der wie ich auch gerne mal eine Scheibe Käse oder Wurst auf sein Baguette haben möchte, dann hast du ein Problem. Nur ein guter Rat: Wenn du mal mit deinem Teller, wo auch immer in Vietnam, am Büfett stehst und siehst etwas, das Wurst oder Käse ähnlichsieht, dann mach bloß nichts Falsches, denk erst gar nicht daran!

Wir machten uns auf die Socken, schließlich hatten wir es eilig, deshalb gingen wir, verdammt, da war es schon wieder, dieses Wort, ich kann es schon fast nicht mehr schreiben: "gingen"!

Sascha W. und ich, wir würden bestimmt gute Freunde werden. Ich sah mich schon zusammen mit Sascha in seiner Küche sitzen, Borschtsch essen, eine Flasche Wodka trinken und danach sein Moped reparieren.

Fairerweise muss an dieser Stelle aber auch gesagt werden, dass wir mit einem Taxi auch nicht besser

durchgekommen wären. Der morgendliche Berufsverkehr hatte eingesetzt und selbst die Mopeds standen oft. Also gingen wir die ganze Strecke wie gestern,
nur am Literaturtempel bogen wir nach rechts ab.

Dass wir uns noch auf den letzten Metern verlaufen
hatten, war keine Schande, aber jetzt hatten wir es ja
geschafft. Hier war das Regierungsviertel und der
Verkehr schien plötzlich nicht mehr da zu sein.

Auf einer sehr großen Allee gingen wir unserem Ziel
entgegen.

Oben an dem Gebäude stand mit großen Buchstaben
"Ho Chi Minh" und wir standen vor einem Schild, auf
dem mit großen Buchstaben „Pause" stand - auf
Deutsch - Tatsache.

Wir warteten und warteten, doch es kam niemand. In
uns kamen Zweifel auf, ob wir überhaupt hier richtig
waren, dann endlich kam eine Familie aus Australien
zu uns, dann noch jemand und noch jemand.

Es war mein erster Besuch in einem Mausoleum, entsprechend aufgeregt war ich auch und dann das: Ein
Sicherheitscheck ungekannten Ausmaßes ging los. Du
kennst den „Flughafencheck" vergiss ihn, das hier
hatte eine ganz andere Qualität. Ein G8-Treffen ist si-
cherheitspolitisch hierzu der reinste Kindergeburtstag.

Nachdem der Check vorbei war, mussten wir etwa
sechzig Meter die Straße runter in einem Haus unsere
Kameras abgeben. Man legte sie in eine Plastikwanne
und dann wurde einem glaubhaft versichert, dass man
sie am Ausgang wieder abholen könne.

Wer nun glaubt, diese aus meiner Sicht völlig überzogenen Sicherheitsmaßnahmen hätten damit ihren Höhepunkt erreicht, täuscht sich. Wir mussten antreten, ja wirklich, wir mussten in einer Reihe antreten. Rechts und links unserer Reihe postierten sich bis zu acht Soldaten, bewaffnet natürlich.

Kurz darauf durften wir uns in Bewegung setzen und standen zwei Minuten später vor dem Mausoleum.

Ich sah mir das Gebäude etwas genauer an, denn aus diversen Reiseführern ging hervor, dass es einer Lotusblüte nachempfunden war. Mal unter uns gesagt, das Gebäude hatte mit einer Lotusblüte etwa so viel gemeinsam, wie eine Eisenbahnschiene mit einem Vogelnest. Entschuldigung, aber für mich war es ein etwas in die Breite gezogenes „Dixi-Klo".

Du kannst mir glauben, ich schob einen "tierischen Hals" als wir hineingingen. Es ging erst mal nach oben, auf jeder fünften Treppenstufe stand ein Soldat, der mit einem Finger an seinen Lippen eindrucksvoll um absolute Ruhe bat.

In dem Raum angekommen, in dem einer der bescheidensten wie genialsten Männer seine letzte Ruhe fand, wurden wir von den reichlich anwesenden Sicherheitsleuten mit eindeutigen Gesten zur Eile aufgefordert.

Nicht nachvollziehbar, diese völlig unverständliche Treibjagd. Keiner durfte länger als zwei Sekunden am Glaskasten stehenbleiben, bei 2,5 Sekunden wurdest du schon "optisch angezählt." Ich habe natürlich schon vorher nach Sinn und Unsinn eines Mausoleums gefragt, diese Frage wurde mir hier in Hanoi eindrucksvoll beantwortet.

Mir geht es nicht um die paar Touristen, die meisten Menschen, die hierher kommen, sind Einheimische von sonst wo, vielleicht haben sie ein bisschen Geld gespart, um aus dem tiefsten Süden die 1700 Km hierher zu kommen, und dann so was.

Hoppla, ich war dran, nun stand ich hier und hatte ganze zwei Sekunden Zeit.

Die russischen Spezialisten hatten ganze Arbeit geleistet, der Mann im Glaskasten war seit 40 Jahren nicht mehr gealtert, besser noch: Er sah gar nicht aus, als ob er tot sei.

Hut ab!

Jetzt stand ich einem Mann gegenüber, der es in New York „nicht" vom Tellerwäscher zum Millionär gebracht hatte, sondern erst in Moskau seiner wahren Bestimmung zugeführt wurde.

Ich schaute mir den Mann mit den vielen Namen genau an, weißes Haar, weiße Uniform und noch eine Ausstrahlung, die gar nicht so leicht zu beschreiben ist.

Es war einfach nicht zu begreifen, einer der genialsten Männer seiner Zeit, mit außergewöhnlicher Bewunderung auch aus weiten Teilen der westlichen Welt, lag hier gegen seinen Willen in einem Dixi-Klo.

Verdammt, schon anderthalb Sekunden vorbei.

Es war kein Geheimnis, dass die Leiche alle fünf Jahre nach Moskau geflogen wurde, aber was ich zu diesem Zeitpunkt noch nicht wusste und auf einer Dschunke in der Halong-Bucht unter vorgehaltener Hand erfahren sollte, war Folgendes: Es war gar nicht der „ganze Ho", es war nur sein Kopf, man brachte nur seinen Kopf nach Moskau.

Böse Zungen sprachen sogar von Gewindestangen oder Schnappverschlüssen.

Glaubst du das?

Ich muss zugeben, hätte ich damals schon gewusst, was ich zwei Kapitel später auf einer Nobeldschunke erfahren sollte, hätte ich mir seine Halspartie etwas genauer angesehen. Verdammt, schon 2,5 Sekunden, ich sag's dir, wenn Blicke töten könnten, aber ich lebe noch, und so standen wir drei Minuten später „mit" unseren Kameras auf dem großen Platz vor dem Mausoleum.

Die einen gingen nach da und wir in die andere Richtung, aber keiner hatte etwas dagegen und so schauten wir uns den großen Platz etwas genauer an. Na klar, du sagst jetzt: „Was gibt es an einem solchen Platz schon zu sehen?" und ich sage: „Es sind die Laternen." Für mich hatten sie einen ganz eigenen Charme, irgendwas zwischen dem nostalgischen Flair der Dreißiger und einem - zugegeben etwas fragwürdigen - „George Orwell" Design.

Die großen Lautsprecher fügten sich geradezu harmonisch in die vorhandene Struktur der Lampen ein und die Kameras natürlich auch. Mikrofone sah ich hier keine, es gab vielleicht auch keine oder sie waren verdammt gut getarnt.

Wir gingen vorbei an zahlreichen Botschaftsgebäuden und kamen dann wieder an die Straße, aus der wir vorhin gekommen waren. Ich sagte: "Lass uns doch mal einen anderen Weg zurück gehen, das wird bestimmt ganz aufregend."

Aufregend, na ja, ab da verlief der Tag etwas anders als eigentlich geplant. Nach kurzer Zeit standen wir plötzlich auf einem Markt. Endlich, musste ich fast sagen, denn bis dahin hatten wir noch nichts dergleichen gesehen. Auf diesem Markt gab es alles: Fisch, Fleisch, Obst, Gemüse und noch vieles mehr. Doch, doch es war alles da, aber trotzdem fehlte was. Man muss natürlich nicht jeden Markt in Asien zur Touristenattraktion machen, doch hier war so eine noch nicht gekannte nüchterne Funktionalität.

Dennoch, es war mal was anderes zu sehen, wie die vietnamesische Frau hier einkaufte.

Sie fuhr mit ihrem Moped durch enge Gassen und die Leute mussten zur Seite springen. Beim Fischverkäufer nahm sie den Deckel von der hinteren Styroporkiste ab und der Verkäufer warf ihr 5-6 Fische hinein. Dasselbe beim Fleisch, dieses landete in der Kiste zwischen ihren Füssen. An beiden Seiten des Lenkers waren noch zwei schwere Taschen voll mit Obst und Gemüse und ich behaupte mal, sie hat sich nicht die Mühe gemacht, dafür extra abzusteigen, "Drive- In auf Vietnamesisch."

Dass sich der Zweitaktmief unter den Dächern staute und man ständig zur Seite springen musste, was soll's, das hat doch was.

Wenn man hier die Augen weit aufmacht, kann man viel entdecken. Für den einen oder anderen könnte aber auch von Vorteil sein, genau das Gegenteil zu machen.

Das Thema Gesundheit habe ich ja schon einmal kurz angesprochen und jeder ist da natürlich anders drauf. Wenn du also jemand bist, der in manchen Situationen seinem Magen nicht ganz vertrauen kann, dann lass dich lieber von deiner Begleitung mit einer dunklen Sonnenbrille durch die Gänge führen und mach dabei deine Augen bloß nicht zu weit auf!

Wir wollten weiter und waren noch keine fünfzehn Minuten unterwegs, als wir auf dem nächsten Markt landeten. Es war schon komisch, die ganze Zeit vorher fragte man sich, ob es in Hanoi überhaupt einen Markt gab und dann wurde die ganze Stadt plötzlich zu einem riesigen Markt. Ich weiß nicht, wie lange es gedauert hatte, bis wir die Orientierung endlich wiedergefunden hatten, auf jeden Fall sehr lange.

Links war der Bahnhof und wir waren irgendwie dahinter. Zu Karin sagte ich: „Lass uns mal rechts gehen, das ist doch mal was anderes, wenn wir die Straße immer an den Gleisen lang gehen und dann an der nächsten Möglichkeit wieder nach links und dann noch mal nach links gehen, kommen wir automatisch wieder zum Bahnhof, ist doch logisch!"

Trotz meiner simplen, sowie aber auch genial untermauerten Argumentation hatte sie einige Bedenken.

Als wir ein paar Meter die Straße entlang gingen, kamen auch mir Bedenken, aber ich ließ mir nichts anmerken. Es ist einfach so, hinterm Bahnhof ist meistens nicht die beste Gegend.

Bei mir Zuhause nicht und bei dir vielleicht auch nicht.

Warum sollte es in Hanoi anders sein?

Ich behaupte einfach mal, in dieses Viertel hatte noch nie ein Tourist freiwillig seinen Fuß gesetzt.

Eigentlich war es aber gar nicht so schlimm, hier war nur das "richtige" Leben. Es gab eine Mopedwerkstatt, eine Schlosserei, Hallen, in denen irgendetwas repariert oder gelagert wurde, kurzum, ein typisches Arbeiterviertel, nicht mehr und nicht weniger. Die Häuser rings rum waren in einem bedauernswerten Zustand und der Müll stapelte sich an allen Ecken.

Frauen liefen mit Karren durch die Straßen, um etwas zu verkaufen.

Die Karren waren so schwer, dass sie kaum zu schieben waren und ich wette, manch eine verkaufte den ganzen Tag nichts.

Wenn man sich erst mal darauf eingelassen hatte, war es hier eigentlich ganz o.k., trotzdem wollten wir jetzt in unser Hotel, nur wie? Eigentlich war es doch ganz simpel, man musste doch nur zweimal links gehen, aber nach links ging einfach keine Straße.

Wir liefen schon fast eine Stunde, und es war kein Ende in Sicht.

Doch dann endlich kamen wir an eine große Straße.

Wir gingen nach links und nach ein paar Metern wieder nach links und schon waren wir richtig, ich sach's doch, völlig automatisch.

Auf unserem Weg zurück kamen wir noch an einem etwas anderen Markt vorbei, hier war eine Hütte an der anderen, ein paar Bambusstangen, ein paar Matten aus Schilf und auf dem Dach ein bisschen Wellblech. Das zog sich so um die zwei bis drei Kilometer die Straße entlang.
Hier gab es alles, was man anziehen und aufziehen konnte.
Es war einfach nur "köstlich" hier, vom kompletten U.S. Amerikanischen Kampfanzug mit Einschusslöchern, den es auch in verschiedenen Größen gab, bis hin zum Smoking war wirklich alles da.
Das galt natürlich auch für die Kopfbedeckung, vom Stahlhelm bis zum Zylinder blieben keine Wünsche offen und selbst die Nike's waren hier so echt, wie sie "echter" gar nicht sein könnten. Schlimm war eigentlich nur, dass wir Hunger hatten, großen Hunger. So kam es dann auch, dass wir das Ganze hier etwas abkürzten und uns was zu Essen suchten, schade eigentlich.

Wir hatten für morgen auch noch etwas geplant, und deshalb wollten wir so schnell wie möglich ins nächstgelegene Reisebüro.
Das Reisebüro, in dem wir anschließend waren, war eins von vielen in dieser Straße, das Dumme war nur, die Straße der Reisebüros war in der Altstadt.

Natürlich, du ahnst es schon, wir sind den ganzen Weg vom Bahnhof an unserem Hotel vorbei bis hin zum Old Quarter gelaufen!

Jetzt saß ich hier in diesem Reisebüro und schob zum zweiten Mal an diesem Tag "einen Hals." Mein Mitgefühl für Sascha W. wuchs ins Unermessliche und mir wurde spontan klar, dass ich "nicht" mit ihm sein Moped reparieren würde, nein ich würde ihm gleich ein neues schenken.

Die Dame im Reisebüro sagte, wir sollten besser mit unserem Ausflug noch zwei Tage warten, dann wäre dort ein großes Pilgerfest.

"Wir können aber nur noch morgen", antworteten wir. Kein Problem, sie gab uns die Tickets und wir bezahlten acht Dollar p.P.. Das Gute an der "Aktion" war das Einfache. Die Reisebüros sind in Vietnam logischerweise alle staatlich, also brauchst du dir erst gar nicht die Mühe zu machen, Preise, Service, Essen oder sonst was zu vergleichen.

Wenn fünfzehn Leute an 15 verschiedenen Stellen in Hanoi für den kommenden Tag einen Ausflug zur Parfümpagode planen, steigen sie am anderen Morgen alle in denselben Bus.

Ich fand das gut, wir mussten also nicht noch die Reisebüros abklappern, sondern buchten und fertig.

Natürlich kann man das so oder so verstehen, aber jeder, der mit seiner Frau einmal Schuhe gekauft hat, versteht mich da mit Sicherheit goldrichtig.

5. Hanoi IV
Der Ausflug zum Parfümfluss und die Sache in Zimmer 1111

Als ich mühsam und auf allen vieren zu meinem Sitz zurück kroch, wusste ich sofort, warum es in Vietnam 40.000 Verkehrstote im Jahr gibt. Die Hinterachse unseres japanischen Kleinbusses hatte mich gerade im wahrsten Sinne des Wortes eindrucksvoll darauf hingewiesen.

Ich kann von mir behaupten, dass ich ein Naturbursche bin, der - du siehst es ja auch in meiner Wortwahl - eine Ruhe und Gelassenheit ausstrahlt, die ihresgleichen sucht.

Aber war das gerade nötig?

Meiner Meinung nach hatten die Bauarbeiter den Straßenbelag auf einer Länge von 5 Metern entfernt, dann einen Meter tief ausgebaggert und zuletzt vergessen abzusperren!

Wir saßen schon eine ganze Weile im Bus, um genau zu sein 1 ½ Stunden. Als wir gegen 8 Uhr einstiegen, saß da nur eine Familie aus Australien. Das sollte sich aber schnell ändern, beim nächsten Hotel stiegen zwei junge Frauen aus Singapur zu, danach ein Pole mit seiner vietnamesischen Begleiterin usw...

Als letztes nahmen wir am Stadtrand eine Familie aus Deutschland auf, genauer gesagt aus Dresden. Eine gewisse Chantalle mit ihrem vietnamesischen Mann und ihrem gemeinsamen Sohn, der so etwa vier Jahre alt sein durfte. Endlich waren wir komplett und so ging es auf einer breiten Straße zügig dem Schlagloch entgegen.

Ich will jetzt nicht langweilen mit den hiesigen Straßenverhältnissen, nur noch so viel, in einem Ort mussten wir anhalten, die Straße führte über eine Brücke. Der Gegenverkehr musste erst drüber, es dauerte eine Weile, aber dann kamen wir dran.

Als wir endlich auf der anderen Seite waren, schaute ich mir die Brücke durch die hintere Scheibe etwas genauer an und hatte ernsthafte Zweifel, dass wir sie auf dem Rückweg noch mal benutzen könnten.

Unser Bus war der einzige auf dem großen Parkplatz am Parfümfluss und die Landschaft war außergewöhnlich. Um uns herum waren Reisfelder, die sich bis zum Horizont zogen, um schließlich völlig übergangslos an den Wurzeln einer Bergkette zu enden. Es war in etwa so, als wären die Berge in die Reisfelder eingesunken.

Auf der anderen Seite des Flusses waren Wälder mit kleinen Bäumen, die von kleinen, aber auch größeren Bachläufen durchzogen wurden, wirklich fantastisch.

Unsere Reiseleiterin winkte drei Boote zu uns, die auf der anderen Seite des Flusses warteten. Wir stiegen ein - mit wir meine ich den polnischen Geschäftsmann, seine vietnamesische "Begleitung", Karin und mich.

Die Begleiterin unseres Polen sah irgendwie komisch aus und ich wusste auch warum.

In Vietnam ist Prostitution verboten, und so dürfen die Nutten natürlich nicht aussehen wie Nutten, sie müssen sich tarnen.

Dabei entwickeln die "Damen" einen enormen Einfallsreichtum.

Das ging los beim „Frl. Rottenmeier Outfit", ging dann weiter zu "Angela Merkel's Hosenanzug Design" und endete schließlich im etwas freizügigeren, aber dennoch erzkonservativen "Oberschwester Hildegard Look."

Bei den Brillen war es ähnlich, das sehr beliebte Model "Harry Potter" musste gelegentlich auch der Lieblingsbrille von "Alice Schwarzer" weichen.

Gestaltungsmöglichkeiten waren also genug da, von denen sie auch reichlich Gebrauch machten.

Die Begleiterin des Polen z.B. war die jüngste Tochter von "Oberschwester Hildegard" und hatte gerade noch im Hotelzimmer mit "Frl. Rottenmeier" 'Harry Potter' geguckt.

Wir legten ab mit unserem Blechboot, die Frau am Ruder war so Mitte dreißig, kräftig gebaut und hatte einen traditionellen Strohhut auf.

Dass die Frauen in Vietnam in der Gesellschaft einen ganz anderen Stellenwert einnehmen, hatte ich schon in Hanoi gemerkt, es wurde mir hier nur noch ein bisschen verdeutlicht.

Nicht, dass ich Angst vor ihr gehabt hätte, nein, nein, da war nur so etwas wie "Respekt", ehrlich.

Wir waren noch keine fünf Minuten unterwegs, dann das: Ich dachte, ich sehe nicht richtig, ein Werbeplakat vom Klassenfeind, das gleich in zweierlei Hinsicht hier nicht hingehörte.

Auf dem Plakat ging es um ein schwarzes "Gesöff" aus den USA mit viel Kohlensäure und viel Zucker, das gut schmecken sollte, „nicht das, was ihr denkt..."
Wie konnten sie hier nur so ein Schild aufbauen?

Augenblicklich musste ich an meinen großen imaginären Buddha denken, würde er noch sicher auf seinem Sockel im Literaturtempel stehen oder war er schon ins Wanken geraten?

Wir fuhren rechts am Schild vorbei und jetzt konnte man erst die Ausmaße erkennen. Das "Ding" war mit Sicherheit 14 x 6 Meter groß. Die Vietnamesen hatten in diesem Moment für mich das seltene Talent, eventuelle positive Gefühle gar nicht erst aufkommen zu lassen.

Es ist schon etwas außergewöhnlich, aber trotzdem versuche ich es. Ja ich versuche die Gefühle zu beschreiben, die in mir aufkamen, als wir an dem besagten Schild vorbeifuhren.

Es wurde für mich einfach nur geil ab diesem Moment, die Frau am Ruder machte ihre "Sache" genial.

Der gleichmäßige Ruderschlag der Frau mit dem Strohhut ließ nicht nur die Ruder, sondern auch mich in eine gedankliche Welt eintauchen, die ich so nicht erahnen konnte.

Unser Boot war das erste auf dem Fluss, das hatte den Vorteil, dass der Fluss vor uns spiegelglatt war. Man hatte jetzt den Eindruck, dass die Berge vor uns direkt im Fluss versanken.

Das Einzige was wir hörten, war außer dem Ruder-schlag noch von rechts der Gesang einiger Vögel im Wald und von links irgendwelche Grillen, die es nicht lassen konnten.

Wir hatten seit drei oder vier Tagen keinen Vogel mehr gehört und jetzt wurden wir, fünfundvierzig Km von Hanoi entfernt, gefangen genommen von einem nicht zu glaubenden Ambiente.

Ich wusste auch auf der Stelle, wer ich wirklich war und das ohne Wenn und Aber.

Na klar, ich war "Captain Benjamin l Willard".

Entschuldigung, ich habe noch nicht ganz verstanden, wie ich's rüberbringen soll, ich versuch's noch mal.

Ich sah rechts Wagner's Walküren auf Schimmeln durch den Wald reiten und links das Akkordeon von Schulze an unserem Boot vorbeischwimmen. Es war genial, ich war hier irgendwo zwischen 'Apocalyse Now' und 'Schultze gets the Blues'.

Es dauerte ungefähr eine Stunde, bis wir uns dem An-leger näherten. Eine alte Frau saß neben einem Berg von Müll am Rand der Plattform und beobachtete ei-nen jungen Mann, der sich abmühte, drei Booten mit Reissäcken die richtige Richtung zu geben. Zugege-ben, ich weiß bis heute noch nicht, was er da eigent-lich mit seiner langen Bambusstange machte, aber er schien Zeit zu haben, sehr viel Zeit.

Wir sammelten uns am Fuße einer großen Naturstein-treppe, die mich irgendwie sehr an 'Lara Croft' erin-nerte. An den Seiten der Treppe waren die Mauern mit Schlingpflanzen und anderem Gewächs weitgehend zugewuchert, das gab noch zusätzlich den gewissen Kick, wirklich sagenhaft. Oben angekommen standen wir auf einem großen Platz, rechts und links waren Zelte für das bevorstehende Festival aufgebaut.

Als wir den Platz überquert hatten, gingen wir noch ein paar Stufen nach oben und standen direkt vor einer nagelneuen Seilbahn…Verdammt!

Da hatte ich eben noch das Gefühl, hinter der Machete von 'Indianer Jones' herzulaufen, um 'Lara Croft' aus einer misslichen Lage zu befreien und dann so was. Diese Seilbahn war für mich so deplatziert wie ein Skilift auf einer Wanderdüne.

Auf der Fahrt über den Dschungel versicherte uns un-sere Reiseleiterin, dass die Seilbahn nur gebaut wurde, um den alten Leuten den Aufstieg nicht zumuten zu müssen. Was kann man dazu sagen?

Ich fuhr mal in einer ähnlichen Seilbahn ebenfalls über einen Regenwald etwa zwölf Km, und diese war umstritten genug.

Von der Bergstation zum Tempel waren es nur noch ein paar Meter den Berg hoch. Der Tempel lag unter uns in einer Senke, zu dem wiederum eine Treppe führte. Als ich diese Treppe sah, kamen mir ernsthafte Zweifel und ich behaupte, dass keiner der älteren Menschen hier alleine mit heiler Haut runterkommt.

Die Treppe war steil, nass und die Steine, die als Stu-fen dienten, waren schmal und ungleichmäßig. Es war

also nur noch eine Frage der Zeit, wann hier eine über-
dachte Rolltreppe in den Berg gehauen wurde.

Jetzt mal Spaß beiseite, der Tempel war eigentlich
eine große Höhle, die sich in zwei Kammern aufteilte,
und jetzt kommt's: In beiden Kammern waren Buddhas, endlich!

Wünschst du dir Kinder?

Wenn ja, kannst du hier dir deinen Wunsch noch op-
timieren.

Wünschst du dir z.B. einen Sohn, dann solltest du dem
Buddha in der rechten Kammer Geschenke bringen,
für eine Tochter nimmst du den linken, oder war es
andersrum?

Wir fragten, ob das auch immer klappt. „Natürlich,
das klappt immer" sagte unsere Reiseleiterin mit einem Lächeln auf den Lippen.

Also überlegt's dir.

Die 4-5 Km, die wir jetzt den Berg herunterliefen, zogen sich ins Unendliche, wir hätten natürlich auch
wieder die Seilbahn nehmen können, aber aus irgend-
einem Grund war ich strikt dagegen. Als wir auf dem
letzten scheiß Km vor unserem Ziel waren, wurde mir
die Seilbahn immer sympathischer und ich wurde
auch eigenartigerweise für die Probleme älterer Menschen immer aufgeschlossener.

Endlich wieder auf dem großen Platz angekommen,
gingen wir zielstrebig auf das Zelt zu, in dem es etwas
zu essen gab, wir wurden schon erwartet, aber wir waren nicht die Letzten.

Das Essen schmeckte hervorragend, besonders dieses grüne Zeug.

Die zwei jungen Frauen aus Singapur, die uns gegenüber saßen, waren begeistert von meiner Kamera „Die ist ja schön, so eine tolle Kamera" usw.. Wir kamen ein bisschen ins Gespräch und so fragten sie, wo wir zuhause sind.

"Deutschland, das ist ja toll, wir kommen aus Singapur, seid ihr schon mal in Singapur gewesen?"

„Nein" sagte ich, „wir sind nur auf dem Flug hierher in Singapur umgestiegen."

"Das ist ja schade, dann habt ihr ja unsere schöne Stadt gar nicht gesehen."

„Wir hatten leider nur eine Stunde Zeit."

"Wirklich schade, aber unser Flughafen, der ist doch schön, oder?"

Downtown Sydney Ende 2005, ich stand mit nassen Haaren am Fenster unseres Hotelzimmers und die Dusche hatte gutgetan. Im Fernseher lief irgendeine Show mit eingeblendeten Lachern, die keinen interessierte, deshalb schaute ich auch nur mit dem linken Auge hin. Mit dem rechten sah ich mir Sydney an, jedenfalls das, was man abends aus einem Hotelzimmer im 11 Stock bei strömendem Regen so sehen konnte. Als wir vor einer Stunde hier im Hotel ankamen, wurden wir auf dem kurzen Weg vom Taxi zum Eingang "nass wie'n Hund." Der Portier erkannte sofort den Ernst der Lage, ließ uns unterschreiben und gab uns den Schlüssel.

Als wir am Fahrstuhl standen, machte er noch einen kleinen Witz. "Sie müssen in den 11 Stock, Sie haben Zimmer 1111 im 11 Stock, das ist doch witzig, oder?" Glaub mir, wir bogen uns vor Lachen.

Während es draußen immer dunkler und der Regen immer stärker wurde, stand ich immer noch am Fenster und dachte gerade an ......? "Sehr verehrte Damen und Herren, wir unterbrechen die aktuelle Sendung einen Moment für eine kurze Mitteilung!" Der Fernseher hatte mich jetzt mit beiden Augen und Ohren.

"Das Todesurteil gegen den australischen Staatsbürger Van Tuong Nguyen wird morgen, den 2. Dezember 2005, um 6 Uhr morgens Ortszeit Singapur vollstreckt.

Der 25-jährige australische Staatsbürger vietnamesischer Abstammung wurde im Dezember 2002 mit 396 Gramm Heroin im Flughafen von Singapur festgenommen. Van Tuong Nguyen hinterlässt in Melbourne eine Mutter und einen Stiefbruder. Der geständige Van Tuong Nguyen arbeitete kooperativ mit den Behörden in Singapur zusammen, dennoch wurden alle Gnadengesuche verweigert!"

„Na klar" sagte ich zu den beiden Frauen aus Singapur, „ihr habt wirklich einen schönen Flughafen, einen "sehr schönen" Flughafen sogar."

Ach, da kam auch schon Chantalle mit Mann und Kind den Berg runter und ich schätze mal, der arme hatte seinen Sohn den ganzen Weg auf den Schultern getragen. Sie setzten sich zu uns und wir sprachen über dies und das.

Chantalle sagte nicht viel, aber ihr Mann in bestem Deutsch umso mehr. "Warum seid ihr hier, wie gefällt es euch denn in Hanoi, wusstet ihr, dass in Hanoi die Grundstückspreise genauso teuer sind wie in München?"

Er war halt stolz auf das Land seiner Väter, sehr stolz sogar.

Nach einer Weile machten wir uns gemeinsam auf, die Pagode zu besichtigen. Der Eingang war keine achtzig Meter von unserem Zelt etwas unterhalb der Seilbahnstadion.

Die Parfumpagode zeigte sich wirklich von ihrer besten Seite und war geschmückt für das bevorstehende Pilgerfest, bei dem tausende "Gläubige" erwartet wurden.

Sie war in einen leicht ansteigenden Berghang gebaut und es sollte hier auch noch eine Hand voll echter Mönche geben.

Bevor ich's vergesse oder du mich völlig falsch verstehst: Der Tempel, die Pagode, der Fluss, die Landschaft sind für mich ein "Gesamtkunstwerk" und auf jeden Fall einen Besuch wert. (Komisch, aber warum denke ich bloß immer, du verstehst mich falsch?)

Als unsere Gruppe die Treppe zum Anleger runter ging, war die alte Frau neben dem Müllhaufen nicht mehr zu sehen. Der junge Mann mühte sich aber noch immer mit der Bambusstange und den drei völlig überladenen Booten ab, er hatte ja Zeit, sehr viel Zeit.

Die Frau am Ruder faszinierte mich, ihr letzter Ruderschlag war genauso kraftvoll und exakt gesetzt wie der erste.

Natürlich sah ich keine strenge Domina mit Lederkostüm, Maske und Peitsche vor mir sitzen, nein es war immer noch die Lady mit dem Strohhut.

Eins wurde mir aber spätestens jetzt klar, sie würde ein gutes, nein, ein „sehr gutes" Trinkgeld von uns bekommen.

Die Brücke stand noch und somit verlief unsere Fahrt zurück nach Hanoi völlig problemlos. Logischerweise wurde jetzt in umgekehrter Reihenfolge abgeladen, wir warteten aber nicht bis zum Schluss, sondern stiegen am See schon aus.

In diesem Moment war ich noch guter Dinge, völlig entspannt und gut gelaunt. Dann sagte Karin mir, dass sie nur eben mal schnell ein paar Kissenbezüge für unsere schöne Sofagarnitur kaufen wollte.

Mein wirklich gut gemeinter Vorschlag, das in Saigon zu machen kurz vor dem Abflug, stieß unerklärlicherweise auf taube Ohren.

Ich wollte sitzen, einfach nur sitzen.

Nur eine Stunde später standen wir "mit" unseren Sofakissenbezügen bei einem Rikschafahrer. Als er uns seinen Preis nannte, wurde ich etwas stutzig. Er hatte mich mit Sicherheit falsch verstanden, ich wollte seine Rikscha nicht kaufen!

Man kann nicht von mir behaupten, dass ich kleinlich oder gar geizig bin, aber das war ein Witz. Ich nannte ihm meinen Preis und was jetzt kam, hätte ich dann so doch nicht erwartet.

Wir waren mittlerweile jetzt schon ein paar Tage in Vietnam, aber bis dahin hatte ich noch keinen Vietnamesen lachen gehört und schon gar nicht so.

Es hört sich anders an als das der Europäer und bei ihm hatte ich sogar das Gefühl, dass es nicht etwa aufgesetzt war, sondern aus dem Bauch heraus und von Herzen kam.

Das mag sich alles jetzt sehr lustig anhören, aber glaub' mir, in diesem Moment war es für mich alles andere als lustig.

Eigentlich war die Rikschafahrt ja nur eine Schnapsidee, die nicht unbedingt sein musste. Wir wollten gerade weitergehen, als unser Fahrer ein paar Schritte auf seine zwei Kollegen zuging, sie redeten kurz miteinander und brachen anschließend alle drei in schallendes Gelächter aus!

Für mich war jetzt Schluss mit lustig, wir gingen weiter, kamen aber nicht weit, der Fahrer hatte uns nach ein paar Metern wieder eingeholt.

Er sagte so etwas wie: "Man wird doch noch einen Spaß machen dürfen" oder so ähnlich. Ha-ha wahnsinnig witzig, oder? Nach ungefähr eineinhalb Minuten saßen wir in der zerbeulten Blechkiste zwischen seinen Vorderrädern und fuhren.

Aber nicht lange, der schlaksige Mann mit den Badelatschen trat zwar kräftig in die Pedale, nach sechzig Metern war dann auch schon wieder Schluss. Ein Stau, mindestens eine Minute völliger Stillstand, dann ging es weiter, unglaubliche fünfunddreißig Meter.

Es war mittlerweile später Nachmittag und somit auch die denkbar ungünstigste Zeit für eine Rikschafahrt durch Hanoi's Altstadt.

O.k., wir wollten in einer anderen Perspektive durch die Stadt und das, ohne laufen zu müssen. Das hatten wir jetzt, die Augen waren in der richtigen Höhe, aber die Nase nicht! Bei jedem Stopp waren augenblicklich 20-40 Mopeds um unsere Rikscha und natürlich auch genauso viele Auspuffrohre in der "richtigen" Höhe.

Nach einer halben Stunde und zahllosen Stopps hatten wir die Nase voll.

Ich ließ ihn anhalten, bezahlte die zehn Dollar für die ganze Stunde und wünschte ihm noch einen schönen Tag.

Der völlig verdutzte Fahrer verstand die Welt nicht mehr. Ich sagte ihm noch, dass das die beste Rikschafahrt meines Lebens war und das war nicht gelogen, es war bis dahin auch meine einzige.

O.k., das war nicht so ganz korrekt, aber man wird doch noch einen Spaß machen dürfen, oder?!

6. Halong und Irgendwo
Die Dschunke, ABBA rückwärts und zwei Chinesen mit Schnupfen

Mir tat schon langsam der Hals weh, eigentlich wollte ich nur wissen, was heute anders war als sonst und irgendwann wusste ich es dann auch.

Wir saßen schon eine ganze Weile in der Lobby und anfangs war eigentlich alles für mich wie immer.

Die zwei Pagen standen am Billardtisch, der Kronleuchter hing noch, in der Küche klapperten die Angestellten mit dem Geschirr und die Dame am Empfang war ins Internet vertieft.

Ein Gemälde von Spitzweg könnte nicht eindrucksvoller sein.

Aber was war anders?

Nachdem eine junge Dame mit Laptoptasche, Potterbrille und hohen Absätzen die Lobby betreten hatte und mit schnellen Schritten direkt auf den Fahrstuhl zuging, wusste ich es.

Der Fahrstuhl war da!

Aber es kam noch besser.

Um zu wissen, was jetzt passierte, musste ich mir den „Kopf verdrehen."

Bis dahin hatten wir den Fahrstuhl noch nie gesehen und schon gar nicht mit offenen Türen.

Ja, wir fragten uns des Öfteren, ob es überhaupt einen gäbe.

Die Frau stieg ein und drückte mit der linken Hand, als wenn es das Normalste der Welt wäre, auf einen der obersten Knöpfe.

Die Türen schlossen sich und ich verstand die Welt nicht mehr.

„Auaaa!" Der Tritt ans Schienbein ließ meinen verdrehten Kopf wieder nach vorne schnellen, „unser Abholer ist da." Ich sah einen Mann so um die fünfzig mit brauner Cordjacke am Empfang stehen. Zwischen dem Schließen der Fahrstuhltür bis zu dem Moment, als ich wieder hinguckte, vergingen genau sieben Sekunden. Die Tür ging wieder auf und die Frau mit der Laptoptasche ging zur Treppe.

Bis dahin hatte ich so manchmal meine Zweifel, wo ich eigentlich war, aber spätestens jetzt wusste ich es wieder, ich war in Vietnam.

„Sind Sie Frau …? und Herr …?"

„Ja"

„Willkommen in Vietnam!"

Den Ausflug, den wir jetzt machten, war ein Geburtstagsgeschenk für mich.

Gewünscht hatte ich mir eigentlich einen Wackeldackel und einen gehäkelten Klorollenschoner für meinen französischen Kleinwagen, bekommen habe ich einen Luxusausflug mit Übernachtung in einer der schönsten Gegenden der Welt.

In einer chinesischen Mittelklasselimousine mit Fahrer und deutschsprachigem Reiseleiter fuhren wir Richtung Nordwesten. Nach etwa einer halben Stunde kamen wir an eine Brücke, ich wusste sofort von wem sie war und du jetzt auch gleich.

Man nehme den Eiffelturm, säge die Füße und die Spitze ab und lege den Mittelteil über mehrere Pfeiler. Entworfen und konstruiert von keinem Geringeren als Herrn Eiffel und seinen Ingenieuren, gebaut und bezahlt natürlich von den Vietnamesen.

Eine halbe Stunde später etwas außerhalb von Hanoi fuhren wir an einer Fabrik vorbei und mir war sofort klar, hier arbeiteten tausende.

Diese Fabrik gehört zu einem weltweit führenden japanischen Kamerahersteller.

Unser Reiseführer (der Mann mit der Cordjacke) sagte voller Stolz: „Hier arbeiten sehr viele Leute für die Japaner, sie haben hier eine gute Arbeit und kriegen viel Geld."

Ich wusste, was die Vietnamesen im Schnitt verdienen, es sind achtzig Dollar im Monat.

In dieser japanischen Fabrik sind es hundert Dollar.

In diesem Moment war für mich mein „stehender" imaginärer Buddha im Literaturtempel von seinem Sockel gefallen, lag auf der rechten Seite und grinste in den Morgen.

Die Vietnamesen arbeiten hier für ein fremdes Land, für wenig Geld und das auch noch gern, ohne Aufstände anzuzetteln oder Blut zu vergießen.

Der reiche französische Großgrundbesitzer längst vergangener Zeiten hätte spätestens jetzt seine Gauloui-

ses weggeschnippt, dem japanischen Manager aner-
kennend auf die Schulter geklopft und laut 'V... la
France' durch die Vorderzähne gepfiffen!

Auf der Weiterfahrt fragte ich: „Wie ist das hier mit
dem Schulsystem?"
„Sehr gut" sagte er, alle Kinder gehen zwölf Jahre in
die Schule, also praktisch bis zum Abi.
Das ist sehr gut, aber dann fangen die Schwierigkeiten
an, wenn du nicht genug Geld hast oder sehr gute Beziehungen, kriegst du weder einen guten Studienplatz
noch eine Ausbildung.
Schlag mich, aber irgendwoher kannte ich das schon.
Das stimmte zwar so nicht ganz (Zweite-Kind-Regelung, Schulgeld usw.) Ich fragte mich noch, was so
schlecht daran sei, wenn alle zum Abi geführt würden,
da kam auch schon die zweite Frage von Karin. „Haben hier alle eine Krankenversicherung?"
„Ja, aber wenn du nicht genug Geld oder Beziehungen
hast, bekommst du weder eine gute Behandlung noch
die richtigen und teuren Medikamente."
Auch das kam mir irgendwie bekannt vor.
Da mich der Typ in der Cordjacke mit seinem ewigen
„Ja aber" ziemlich nervte und mir nur das sagte, was
ich sowieso schon wusste, beschloss ich, ihm eine
letzte Frage zu stellen. Eine Frage, die mir und vielleicht mittlerweile auch dir unter den Fingernägeln
brennt und auf die er „nicht" mit einem „Ja aber" ant-
worten konnte, nämlich die (Goethe wird mir verzei-
hen) Gretchenfrage.

„Warum gibt es in Vietnam so viele Kinderstühlchen?"

Er grinste und sagte uns, dass es nach dem Krieg zu wenig Rohstoffe gab und man die Kinderstühle bis heute aus Kosten- und Platzgründen beibehielt.

Kurz vor unserem Ziel kamen wir noch in eine kleine Stadt, hier war alles schwarz,
schwarze Autos und Mopeds, schwarze Häuser, Wände und Dächer, schwarze Straßen und Wege, einfach alles schwarz und wenn du nur fünf Minuten am Straßenrand gestanden hättest, wärst auch du schwarz. Nachdem ein LKW an uns vorbei gefahren war, wusste ich auch ohne die Erklärung unseres Reiseführers, warum das so ist. In der Nachbarschaft wird im Tagebau Kohle abgebaut, der feine Kohlenstaub wird von den LKW's aufgewirbelt und der nächste LKW, PKW oder was auch immer weht ihn dann in alle Ritzen.

Die „billige" Kohle wird zu einem nahegelegenen Überseehafen gebracht und von dort nach China oder auch in die USA verschifft.

An einer Kreuzung mussten wir halten, hier war ein Markstand aufgebaut und eine Kundin wollte Obst kaufen. Die Marktfrau fegte mit einem Handfeger den Tisch frei und jetzt konnte man doch tatsächlich erkennen, ob unter der Folie Äpfel, Birnen oder Bananen lagen.

Nach ca. vier Stunden waren wir endlich da, ich konnte es nicht glauben, deshalb fragte ich, ob sich unser Fahrer verfahren hätte.

„Wir sind hier richtig. Willkommen in Halong City!"
Jetzt fuhren wir durch eine unglaubliche Kulisse und es war mir sofort klar, hier wurden düstere Endzeitfilme ohne Happy End gedreht. Einen großen Teil der Kulisse würde man auch an befreundete Staaten vermieten, damit sie in möglichst realer Atmosphäre mit ihren Soldaten in Ruhe den Häuserkampf üben können.

Hier gab es nur halbfertige Hochhäuser, es mussten hunderte sein, alle so um die 14 bis 18 Stockwerke hoch und alle, wirklich alle nur halb fertig.

Nachdem wir kurze Zeit auf einer sehr breiten Straße gefahren waren, mussten wir an einer Ampel anhalten. Was ich jetzt beschreibe, ist Tatsache und von mir bis dahin noch nie hier oder anderswo so erlebt worden.

Während wir auf Grün warteten, schob sich eine Wolke vor die Sonne, ein leichter Wind kam auf und wehte ein Bündel Steppengras nach alter Westernmanier quer über die Kreuzung. Wir warteten immer noch und jetzt kommt's erst.

Hier war nichts und niemand, keine Mopeds, keine Autos, keine Menschen bis auf eine alte Katze, die ein Bein etwas nachzog und sich gelangweilt mitten auf die Kreuzung legte, wirklich nichts.

Es war nicht etwa Sonntag drei Uhr morgens in einem Industriegebiet von Wanne-Eickel, sondern ein ganz normaler Wochentag 11:30 Uhr in Halong City.

Die Vietnamesen hatten - auch mit den Millionen, die sie für die Anerkennung zum Weltkulturerbe bekamen - nichts anderes zu tun, als eine „Geisterstadt" um die Kernstadt zu bauen, die in negativer Hinsicht ihresgleichen suchte.

Die Wolke, die sich vor die Sonne geschoben hatte, hatte sich verzogen und nachdem wir etwa zehn Minuten durch die noch völlig unbelassene Innenstadt gefahren waren, standen wir im schönsten Sonnenschein am Hafen von Halong City.

Wir schauten uns die Dschunken an, es waren so viele, dass wir uns fragten, ob überhaupt welche rausgefahren waren. Kurze Zeit später legten wir mit einer Barkasse an unserer Nobeldschunke an, sie war klein und hatte ihre besten Tage schon weit hinter sich.

„Willkommen an Bord."

Der Kapitän reichte uns einen Begrüßungstrunk, die Matrosen trugen unser Gepäck in die Kabinen und wir gingen ohne zu zögern auf das Sonnendeck.

So, jetzt standen wir hier an auf einer „Nobeldschunke" an einem der schönsten Plätze der Welt. Auf der einen Seite war China, auf der anderen hunderte Dschunken und der kleine Hafen.

Die Halong Bay liegt am nördlichen Ende im Golf von Tonkin.

Golf von Tonkin, da war doch was?

Die Älteren von euch werden sich vielleicht erinnern, Zwischenfall in der Tonkin Bay.

Na ja, ist ja auch nicht wichtig, jetzt nicht mehr.

Nur noch so viel dazu:

Der Zwischenfall in der Tonkin Bay ist der Beweis der USA, den Rest der Menschheit für blöd zu halten. Halt, das ist natürlich völlig falsch, Entschuldigung! Vergangenheitsform natürlich.

Nochmal:

Der Zwischenfall in der Tonkin Bay war der Beweis der USA, den Rest der Menschheit für blöd gehalten zu haben.

So ist es richtig…. Jedenfalls „grammatikalisch".

Ich habe schon wieder das Gefühl, du versteht mich falsch, deshalb jetzt erst mal Schluss mit fragwürdigen Einleitungen und Zweideutigkeiten.

Die Halong Bucht empfing uns mit offenen Armen und die Sonne schien.

Das Wasser war grün, nicht nur so'n bisschen grün, sondern richtig grün, türkisgrün.

Aus dem Wasser ragten Felsen oder kleine Inseln, teils bewachsen, teils kahl.

Da ich kein Philosoph bin und euch nicht mit stümperhaften Landschaftsbeschreibungen langweilen will, nur so viel, die Bucht ist das schönste Stückchen Erde, das ich je gesehen habe oder sollte ich besser Wasser sagen?

Nach zwei Stunden kamen wir an eine Bucht, hier lagen große und kleine Dschunken vor Anker. Jetzt wurde es genial, ich fühlte mich 300 Jahre in die Vergangenheit versetzt und ich wusste „mal wieder", wer ich war. Ich war der 'rote Korsar' und wartete nur auf eine Gelegenheit, Kapitän 'Jack Sparrow' in einen Hinterhalt zu locken.

Manche Dschunken hatten Segel gesetzt und tauchten damit die Bucht und auch mich in ein schönes und unvergessliches Szenario.

Es schien für mich so, als sei die Zeit stehen geblieben, bis die Frau am Anlegesteg mich in die Jetztzeit und in den damit verbundenen eiskalten Realismus zurückholte.

„Drei Dollar!"
Was sollte jetzt der Scheiß?
Ich hatte bis dahin nichts gegen Landschaften oder gar Menschen auszusetzen, aber das ging entschieden zu weit.

Ich hatte in diesem Land noch nie mehr als einen Dollar für Zigaretten bezahlt und das sollte auch so bleiben.... dachte ich.

„2,50 Dollar" rief sie mir nach, doch wir gingen, als wenn wir es nicht gehört hätten, weiter zur Tropfsteinhöhle. Die Höhle war groß, sehr groß sogar, aber das war auch schon alles. Nach einem kleinen Spaziergang über die Insel gingen wir zurück zu unserem Beiboot am Anleger. „Zwei Dollar, mein letztes Wort."
O.k.. Sie musste viel Geld bezahlen für die Konzession, Steuern und natürlich auch, um evtl. Konkurrenten abzuwehren. Da ich kein Unmensch bin, kaufte ich zwei Schachteln.
„Willkommen im Kapitalismus."
Auf dem Sonnendeck war mittlerweile einiges los. Ein Pärchen aus Bonn und ein Pärchen aus Australien

waren dazugekommen, das versprach lustig zu werden. Was soll ich sagen, es wurde auch lustig…. anfangs jedenfalls.

Und schon ging es weiter, die „Aussis" hatten eine Kanu-Tour gebucht, und so fuhren wir zu einem kleinen Fischerdorf mitten im Wasser. Hier wurden nicht nur Fische gefangen, sondern auch Kanus vermietet. Was soll's, solange die Kinder der Fischer noch nicht mit dem „Jet Ski", sondern mit dem kleinen Boot zur Schule fuhren, fand ich die Ambitionen der Australier noch richtig spaßig.
Erstaunlich, was man in der Halong Bay so alles machen kann, die Australier würden sicherlich noch ihren Kindern von der Einzigartigkeit dieser Kanufahrt erzählen.
Es gibt eben Dinge, die muss man einfach gemacht haben. Ich behaupte mal, sie konnten nicht mit einem Kanu umgehen, genauer gesagt, ich fragte mich, ob sie überhaupt schon mal eins gesehen hatten.
Unser Kapitän zeigte ihnen das Ziel und sie legten ab. Einzelheiten möchte ich euch ersparen, nur so viel, wir waren lange vor den „Aussis" auf der beeindruckenden Insel. Sie hatte einen Sandstrand und auf einem Berg zwei Aussichtspunkte. Als wir nach einiger Kraxelei den unteren der beiden erreichten, sagte ich „so, das muss reichen." Wir brachten die Kameras in Stellung und fotografierten den schönsten Sonnenuntergang, den man sich vorstellen kann.
Anschließend legten wir uns noch eine Weile an den Strand und dösten so vor uns hin.

„Bimm! Bimm! Bimm!"
Die Schiffsglocke schlug dreimal, und der Kapitän drängte zum Aufbruch.
Die Australier, die noch nicht sehr lange hier waren und entsprechend wenig von der Insel gesehen hatten, gingen mürrisch zu ihrem Kanu.
Er hielt seiner Frau das Boot fest, damit sie besser einsteigen konnte. Danach stieg er mit dem rechten Fuß zuerst ein, als er den linken nachziehen wollte, kippte das Boot und beide lagen im schön grünen, aber auch eiskalten Wasser der Halong Bay.
Nachdem wir das Boot wieder bei den schwimmenden Fischern abgegeben hatten, gingen wir irgendwo in der Weite der Halong Bay zwischen den Inseln vor Anker.

Beim Abendessen waren wir komplett.
Ein Pärchen aus Österreich, er mit Hongkong-Rolex, sie „ohne Halsband", das noch dazu gekommen war, unterhielt sich gerade im feinsten Englisch mit den Australiern, die inzwischen ihre Eskimorolle verdaut hatten und mit trockenen Sachen am Tisch saßen.
Die Bonner waren es, die uns sagten, dass sie aus zuverlässigen Kreisen unter vorgehaltener Hand erfahren hatten, dass es nur der Kopf von „Ho" war, der nach Moskau gebracht wurde.
Ich glaubte ihnen das und noch vieles mehr.
„Sie" war die Tochter eines Botschafters, der hier in Asien seine Aufgaben wahrgenommen hatte.
„Er" war der Mann der Tochter des Botschafters ….
Geil oder?

So langsam machte mir der Ausflug mit der Nobeldschunke richtig Spaß.

Karin's australischer Rotwein, den sie am Mittag für 38 Dollar die Flasche gekauft hatte, war schon fast leer und ich saß beim 3. Ba-Ba-Ba für 2,50 Dollar die Dose.

Es war also wirklich alles in bester Butter, doch dann meldete sich „Bernhard", der Österreicher zu Wort.

„Vietnam ist ja ein schönes Land, aber „schade", hier gibt keine Prostitution."

Verdammt, da war es schon wieder, dieses „Ja aber". Auf der Stelle wünschten wir vier uns die heilige Jungfrau und Alice Schwarzer herbei.

Wir schauten uns an, als hätten wir gerade ein UFO landen sehen.

Der Mann mit Goldkettchen und Hongkong-Rolex ließ sich davon aber nicht beeindrucken, er machte einfach weiter. „Prostitution hat in Asien eine lange Tradition und das ist auch gut so."

Eben dachte ich noch über Kopftücher und Strohhüte nach, dann die Frage von ihm.

„War von euch schon mal jemand in Thailand?"

Man muss das einfach mal reinziehen, wir saßen hier auf einer Luxusdschunke in einer der schönsten Gegenden der Welt und wurden von Bernhard für einen senilen Wanderverein bei einer Butterfahrt auf der Ostsee gehalten.

Ich behaupte einfach mal, Bernhard und natürlich auch Thailand hat mit Sicherheit auch seine guten Seiten, die Frage ist nur, für wen?

„Neulich im 7-Eleven."...

...Es war heiß, die Luft war zum Schneiden, und wir hatten Durst ohne Ende, dann endlich ein „7-Eleven." Karin blieb an der Joghurt-Theke stehen und ich ging um die Ecke zu den gekühlten Getränken. Was ich jetzt geboten bekam, war vom Allerschärfsten, „Bangkok-live." Die beiden Lolitas, die eine in „traditioneller" Schuluniform, die andere in Hotpants - ich schätze sie so um die 20 (sahen aus wie 16) - machten ihre Sache einfach nur „geil."

Ein Striptease im abgefucktesten Puff von Sankt Pauli ist dagegen ein Nonnentanz zum Erntedankfest.

Denkt bitte nichts Falsches von mir, aber die beiden waren richtig gut. Ich guckte noch eine Weile interessiert zu, bis Karin um die Ecke kam und sagte: „Das ist doch wohl der Hammer, die machen dich hier volles Rohr an, obwohl ich dabei bin, was ist denn das für ein scheiß Land?"

Beschwichtigend sagte ich, „die haben doch nur ein bisschen Spaß mit mir gemacht, du siehst das alles viel zu eng, die sind arm dran hier."

Das stimmt auch, die Nutten können von dem Bisschen, was sie hier in Bangkok verdienen, ca. 10- 15 % behalten, der Rest geht an die Zuhälter. Und noch eins, ohne Zuhälter geht hier gar nichts, auf eigene Faust ist hier keine unterwegs und wenn, dann nicht lange.

Hinzu kommt noch, dass gerade in Bangkok zwei rivalisierende und mächtige Drogenclans, auf deren Konto viele Tote im Jahr gehen, die Hände bei den Zuhältern aufhalten, weit aufhalten.

Und das ist noch längst nicht alles, das meiste Geld aus Prostitutionsgeschäften geht mit dem Segen Buddhas an Polizei und Regierung.

Man könnte auch noch über vermietete Kinder sprechen, die einmal oder mehrmals im Jahr mit ihren Familien auf ihre „reichen Patenonkel" aus dem Abendland warten. Es ist bestimmt immer wieder schön zu sehen, wenn nach dem Besuch die Kinder auf dem neuen Fahrrad in bester Kleidung ihre Runden um die bescheidene häusliche Bambushütte drehen.

Wer nichts weiß, muss glauben: wirklich traumhaft, dieses Thailand!...

Ich könnte sicherlich noch einiges dazu sagen, will aber nicht langweilen und muss jetzt schnell wieder die Kurve zu unserer Luxusdschunke und dem völlig humorlosen Bernhard kriegen.

Bernhard erzählte uns noch, dass die meisten „Mädchen" einmal die Woche voller Stolz mit ihrem neuen Moped und schönem Kleid in ihr Heimatdorf in den Bergen fuhren.

Auch, dass sie als Nutten in der Woche so viel Geld verdienten wie die komplette Familie im ganzen Monat. Wahnsinn oder?

Er setzte noch einen drauf: Die Prostituierten sollten doch froh sein, dass so viele Europäer nach Thailand kämen, so brauchten sie nicht mehr die Beine für ihre dreckigen und stinkenden Landsleute breitmachen, sondern könnten sich bspw. von den sauberen Deutschen besteigen lassen und kriegten auch noch gutes Geld dafür.

Was willst'n dazu noch sagen?

Wenn du beim Pauschalurlaub auf Malle morgens um 6:30 Uhr von B-B-B-Bernhard mit einem Pressluft-hammer geweckt wirst, hast du immer noch die Chance, das Hotel zu wechseln oder bei deinem Rei-severanstalter Wertminderung geltend zu machen.

Was aber konnten wir hier machen? Die nächste „ret-tende" Großdschunke lag etwa 500 Meter von uns vor Anker. Das Wasser aber war, wie schon erwähnt, nicht nur grün, sondern auch arschkalt.

„Mensch, natürlich, das Beiboot."

Nein das ging auch nicht, wir konnten unmöglich Be-satzung und Passagiere alleine mit Bernhard und „ohne" Beiboot lassen. In der Vergangenheit hat es hier schon viele Unfälle gegeben, unter anderem ist eine Dschunke gesunken, wobei zwölf Todesopfer zu beklagen waren.

Bernhard legte nach:

„Ich habe in Salzburg ein kleines Büro aufgemacht, in das alle kommen können, die von thailändischen Frauen betrogen wurden oder noch werden, es ist drei-mal die Woche geöffnet. Im Bedarfsfall wird dann auch rechtlicher Beistand vermittelt. Auf meiner In-ternetseite gehe ich auch auf geprellte und betrogene Leute ein, ich tue wirklich, was ich kann."

Na also, Bernhard hat auch seine guten Seiten.

Die Australier waren schon lange in ihrer Kajüte und wir vier gingen jetzt auch. Bernhard und die Frau ohne Halsband waren einfach nicht mehr zu ertragen.

Die Dschunke drehte sich um die Ankerkette am Bug und die Kajüte drehte sich um mich, diese Nacht wurde grauenvoll.

Der Morgen danach auch, ich konnte mich nicht erinnern, jemals im Leben so einen schlimmen „Kater" gehabt zu haben. In meinem Kopf pochte es bis zur Schmerzgrenze und mein Magen drückte unaufhaltsam und interwallartig seinen Inhalt in die „falsche" Richtung.

Mir ging es auch noch nicht besser, als wir mit dem Boot zu der kleinen Insel fuhren, besser gesagt, „in" die Insel fuhren. Komisch irgendwie, oder? Aber schnell erklärt: Die Insel glich einem Vulkankegel, in den man von einer Seite ein Loch von ca. 3 mal 6 Metern gehauen hatte.

Durch dieses Loch konnte man der Gezeiten wegen nur für einige Stunden am Tag fahren, entsprechend viel war hier auch los.

Die Großdschunke, die mit uns geankert hatte, schickte gleich drei Boote, die Boote von anderen kamen noch dazu. Ich schätzte die Anzahl der Boote auf 10-15, den Durchmesser der Wasserfläche auf etwa 200 Meter. Außen war die Insel eher spärlich bewachsen, innen dagegen üppig und artenreich. Wen man durch das Loch fuhr und die vielen Vögel hörte, hatte man das Gefühl, von einem Paradies ins andere zu kommen.

So, jetzt aber Schluss mit Romantik, an unserer Dschunke wieder angekommen, wollte ich gleich zum

Oberdeck und dann das: Bernhard und seine „Sub" saßen an der Treppe.

Allein diese Tatsache hätte schon ausgereicht, um mir den Tag zu versauen, aber es kam noch viel schlimmer. Vor sich auf dem Tisch hatten sie einen Bauchladen mit zweitklassigem Modeschmuck aufgebaut. „Guck doch mal, ist das nicht ein schöner Schmuck und gar nicht teuer?!"

Ich glaube, ich muss dir nicht groß erklären, wie ich mich jetzt fühlte, nur so viel: Die „Intervalle" wurden kürzer. Gestern hielt Bernhard uns noch für senil und wollte uns die Welt erklären, heute hielt dieser „österreichische Lottel" uns für Eingeborene und wollte uns Glasperlen verkaufen.

In diesem Moment war ich meinem eigentlichen Geburtstagswunsch, dem Wackeldackel und der gehäkelten Klorolle näher als je zuvor und dennoch war er so weit weg, weit, weit weg.

So, jetzt aber Schluss mit Bernhard, er war und ist kein einziges Wort mehr wert.

Nach dem Frühstück fuhren wir weiter im Land des versunkenen Drachens, drehten unsere Runden um kleine und große Inseln und waren gegen Mittag wieder am Hafen.

Fazit: Man kann hier vieles machen, 1, 2 oder sogar 3 Tagestouren mit großen Dschunken oder kleinen, sogar privat ist kein Problem, nur bei Luxustouren, die leicht das Dreifache kosten, wäre ich aus nachvollziehbaren Gründen etwas vorsichtiger.

Auf der Fahrt zurück nach Hanoi dann dieses Moped.

Bis dahin hatte ich in Vietnam schon viele beladene Mopeds gesehen, und ich behaupte einfach mal, die meisten Fahrer wären von der deutschen Polizei gleich in die „geschlossene Anstalt" gebracht worden. Ich saß also da, mit Kopfschmerzen, guckte aus dem Seitenfenster und sah direkt in die Augen von einem ausgewachsenen Wasserbüffel. Er lag auf einem Brett auf der Sitzbank, war am Stück und sehr lebendig. Ärgerlich, da hast du die ganze Zeit die Kamera im Anschlag und nichts passiert und ausgerechnet bei so einem geilen Motiv liegt sie hinten im Kofferraum. Der Wasserbüffel fuhr nach rechts zu den Reisfeldern und wir geradeaus nach Hanoi.

Am Abend saß ich mit ca. fünfzig Vietnamesen auf einem Plastikstuhl in der Bahnhofshalle von Hanoi. Ich sollte auf das Gepäck aufpassen, Karin und die Cordjacke wollten die Fahrkarten holen. Mir ging es immer noch richtig schlecht, und der Tag war noch lange nicht zu Ende.
Lag- nan- mug- dig   Ba-num!!!....Lag-nan-mug-dig Ba-num!!!....
Ich war erstaunt, was war denn das?
So eine Art Sprechgesang ging los, die Frauen sprachen was in die Mikrofone, machten eine kurze Pause von 3-6 Sekunden, und dann ging es weiter. Es waren viele Frauen, und entsprechend viele Durchsagen schallten von den Wänden der großen Bahnhofshalle in meine Ohren.

Erst war ich mir unsicher, hörte noch eine Weile zu, aber dann wusste ich, was es war, ich konnte mich unmöglich täuschen, es war „ABBA."

Die Vietnamesen hatten - um es nicht zu einfach zu machen - noch einen kleinen Haken eingebaut, sie sangen den Song rückwärts. Trotzdem, für mich überhaupt kein Problem, es war 'Hang Up', totsicher.

Obwohl 'Hang Over' bezogen auf meinen Zustand natürlich viel besser gepasst hätte, hörte ich jetzt 'Hang Up' von ABBA - und das „rückwärts."

Ich war stolz ohne Ende, und ich fragte mich, ob „Madonna" das auch so gut hingekriegt hätte?

So, jetzt mach bloß keinen Scheiß mit „Papa's alter Plattensammlung" oder verknote unnötig deine Software.

Mir fällt zwar schwer, dieses „Silbenrätsel" aufzulösen, weil zu ernüchternd, aber was muss, das muss. Eins noch vorweg, ich bin „kein" ABBA Fan.

Ich hätte noch stundenlang der Musik zuhören können, aber Karin sagte „komm endlich, wir müssen zum Zug." Während ich die beiden Taschen und mich zum Zug schleppte, fragte ich: „Was singen die den hier die ganze Zeit?"

Unser Reiseführer lachte und sagte, „die singen hier nichts, die rufen nur 4 oder 5-stellige Nummern auf und dann die entsprechende Schalternummer." Ernüchternd oder?

Was soll's, wenn die Biersorte 3 3 3 im Vietnamesischen: „Ba-Ba-Ba" ausgesprochen wird und die anderen Zahlen auch nur im Entferntesten ähnlich klangen, dann brauche ich mich für „ABBA rückwärts" nicht zu schämen, oder?

Abfahrt war um 20 Uhr, jetzt war es 19:30 Uhr, das Abteil war spartanisch, aber sauber. Es gab vier Betten, und zwei waren noch leer, doch dann kamen zwei Chinesen, Vater und Sohn.

Um Missverständnissen vorzubeugen sage ich mal an dieser Stelle, ich habe keine Vorurteile, nicht vor Chinesen und auch nicht vor dicken Chinesen.

Wir kamen schnell ins Gespräch, sie sagten uns, dass sie buddhistische Pilger auf einer Reise durch Vietnam seien, dass sie gestern auf dem Parfümfluss gefahren sind und noch vieles mehr. Dann boten sie uns noch was zu essen an, eine in Brotpapier gewickelte, dunkelgrüne, klebrig schleimige Masse mit intensivstem Geruch.

Sehr gesund sagten sie noch. Karin nahm sich etwas, und ich wartete ihre Reaktion ab. „Danach" lehnte ich dankend ab. „Mein Magen, versteht ihr?", sagte ich und machte mit meiner Hand kreisende Bewegungen auf meinem Bauch. Sie hatten sofort verstanden, was ich meinte, und das war noch nicht einmal gelogen.

Der Zug fuhr teilweise nur Zentimeter an den Hauswänden vorbei, und wenn er langsam fuhr, konnte man die ganze Familie beim Fernsehen sehen. Je länger wir fuhren, umso dünner wurde das Lichtermeer der großen Stadt. Ich stand am Fenster, und hätte mir vor drei Tagen jemand gesagt, dass ich dieser lauten, hektischen, hässlich schönen, für mich auch mittlerweile außergewöhnlich normalen Stadt jemals auch nur einen Funken Sympathie entgegenbringen würde, hätte ich ihn für verrückt erklärt.

Die Chinesen waren echt lustig, sie suchten nach der richtigen Richtung. Sie wollten sich in Richtung Buddha verneigen, aber wo war Osten, Westen oder was auch immer?

Zugegeben, die Richtung in einem fahrenden Zug ohne Kompass zu finden ist ziemlich hoffnungslos.

Sie einigten sich auf das Fenster im Gang, knieten sich mit dem Kopf nach unten in Richtung Gang und verharrten so eine geschlagene Minute.

Das fand ich ja alles noch ganz O.K., aber was dann kam, nicht.

Im weiteren Gespräch mit uns fing der Vater an, heftig zu niesen und eine Sekunde später auch der Sohn. Es war nicht zu übersehen und schon gar nicht zu überhören, die beide hatten „Schnupfen"!

Bei mir bildeten sich sofort Schweißtropfen auf der Stirn, ich fing leicht an zu zittern, und der Puls erhöhte sich. Jetzt bloß keine blauen Punkte kriegen, keine exakt runde, tiefblaue und drei cm große Punkte ins Gesicht wie bei 'Bukowski', dann macht das Leben keinen Sinn mehr, glaub mir das.

Warst du schon mal in einem chinesischen Restaurant? Ich meine natürlich nicht mit Oma Gerda an Ostern beim Chinesen um die Ecke, einmal die A9 und ein großes Bier oder so.

Nein, ich meine:

in einem chinesischen Restaurant weit abseits der Touristenpfade irgendwann, irgendwo, in einer großen Stadt in China ....

...........Wir hatten seit dem Frühstück nichts mehr gegessen, und jetzt war es mittlerweile 22:30 Uhr. Die Straße, auf der wir gingen, war hell erleuchtet von riesigen Neonschildern, es tat schon fast weh in den Augen, dann endlich ein Schild Restaurant „bla bla bla" mit einem Pfeil, der nach links zeigte.

Wir bogen nach links in die Straße ein, die immer schmaler wurde, gingen etwa zehn Minuten, aber nichts von einem Restaurant war zu sehen. Ich will damit nicht sagen, dass man in China nachts in einer schmalen, schwach beleuchteten Straße unbedingt Angst haben muss, natürlich nicht.

Karin sagte nur: „Lass uns zurückgehen, hier kommt doch nichts mehr."

„Nur noch ein paar Meter, dann sehen wir weiter."

Die Straße wurde zu einer Gasse ohne Beleuchtung und für Autos unbefahrbar.

Dann endlich Musik, laute Stimmen und andere menschliche Töne, wir standen vor, nein über einem Lokal. Mit gemischten Gefühlen gingen wir die Treppe nach unten, aber der Hunger verlieh uns Kraft und Zuversicht.

Das Lokal war brechend voll, und so saßen wir an einem kleinen Tisch mitten im Gang. Der Kellner kam, legte uns die Karten auf den Tisch und ging wieder. Es war klar, alles auf chinesisch, und die Kellner sprachen auch nur chinesisch.

Mit Händen und Füßen bestellten wir irgendwas, nur beim Bier gab es keine Probleme.

Neben uns in einer Nische saßen zehn Chinesen, Frauen und Männer und unterhielten sich angeregt bei Reisschnaps und Wein.

Die Musik brach ab und wurde durch eine andere festlichere ersetzt. Das Licht wurde runter gedimmt, und im selben Moment fragte ich mich:

„War ich hier beim Kapitänsdinner auf dem Traumschiff oder bei der Geburtstagsfeier des ortsansässigen Triaden-Bosses?"

Ein fahrbares silbernes Tablett wurde in den Raum geschoben, am Rand brannten ca.15 Wunderkerzen, in der Mitte des Tablettes „stand" eine Ente, die eine große Möhre im Schnabel hatte. Um die Ente herum eine liebevolle Dekoration aus köstlichem Obst, Gemüse und verschiedenen Fleischsorten.

Als sie an unserem Tisch vorbeikam, schaute ich genauer hin und sah den Stolz in ihren Augen. Der Kopf, der Hals, die Federn, alles bis runter zum Körperansatz war völlig normal. Da die Ente von ein paar fast unsichtbaren Drähten gestützt wurde, konnte ich auch ihre kleinen Schwimmfüße sehen, ein Kunstwerk, wirklich phantastisch.

Dann der Körper: ein Erlebnis für Augen, Nase und mit Sicherheit (was ich nur rein akustisch mitgekriegt habe) auch für den Mund. Der Körper war auf den Punkt genau durchgebraten, und die Haut sah goldgelb und lecker aus.

Aber dieser Stolz in ihren Augen war unbeschreiblich, so nach dem Motto: Schaut mal her, was ich für eine

schöne große Möhre im Schnabel habe, echt abgedreht.

Ich weiß nicht mehr, ob ich trotz meines Hungers auch
nur einen Bissen davon runter gekriegt hätte, dann
kam auch schon unser Essen.

Nach ca. fünfzehn Minuten schaute ich wieder in die
Nische und sah den Hals der Ente mit „Kopf und
Möhre" lieblos am Tablett Rand liegen. Sekunden
später ging ein unglaubliches lautes, akustisches Feu-
erwerk los. Nie hätte ich geglaubt, dass man während
oder nach dem Essen solche Töne von sich geben
könnte und das mit allem, „mit wirklich allem", was
einem Menschen dabei zur Verfügung steht.

Spätestens jetzt hätte jeder Nichtasiate fluchtartig das
Weite gesucht, wir noch nicht, aber glaub mir, es kam
noch schlimmer. Zwei der zehn Chinesen hatten
„Schnupfen!"

Was jetzt kam, hatte ich so und in dieser Lautstärke
noch nicht gehört, sie zogen den Rotz die Nase hoch,
würgten ihn runter, tief in ihren Hals, um ihn dann mit
lautem Gekrächzte wieder in ihren Mund zu befördern.
Danach wurde genüsslich, meist begleitet von einem
lauten Rülpser, „lautstark" runter geschluckt…. Jetzt
gingen auch wir.

…….Natürlich, das gerade Beschriebene gehört in
China zum „guten Ton" und Taschentücher sind ver-
pönt, aber spätestens jetzt versteht jeder, warum ich
Jahre später in einem Nachtzug in Vietnam unter der
Angst vor blauen Punkten, Schweißausbrüchen und
diesem Zittern litt.

Ich nehme es wieder mal vorweg, ich konnte mich nicht erinnern, jemals in meinem Leben so gut geschlafen zu haben wie in diesem Zug. Wenn ich mir also um irgendwas Sorgen machen musste, dann höchstens darum, dass mich die Chinesen und Karin wegen meines Schnarchens aus dem fahrenden Zug schmeißen könnten.

Dieses blieb Gott sei Dank aus, und so fuhren wir „alle" um 9:00 Uhr morgens ca. 700 Km südlich von Hanoi in den Bahnhof ein.

7. Hue I   Der Palast und die Burkas

Es geht in diesem Kapitel zwar erst mal albern weiter, aber nur kurz, dafür aber ganz ohne „Flash", versprochen.

So etwas hatte ich noch nie gesehen, der Bahnhof der alten Kaiserstadt war „pink".

Oben über dem Schild „Gare" (französisch für Bahnhof) war ein großes Banner befestigt:

„Chuc Mung Nam Moi" (Frohes neues Jahr).

Jetzt mal Hand aufs Herz, wann kommt es schon mal vor, dass dir im Februar jemand ein frohes neues Jahr wünscht und das auch noch unterstrichen von einem gewissen femininen Touch?

Keine fünfzehn Minuten später standen wir im Hotel, die aufmerksame und freundliche Angestellte erklärte uns noch einiges, gab uns den Schlüssel und zeigte uns die Fahrstühle....

Es waren zwei und was für welche!

So, jetzt ist Schluss, ich werde das Wort „Fahrstuhl" nicht mehr benutzen, großes Indianer- Ehrenwort.

„See you later elevator."

Einige Zeit später, aber dennoch viel früher als erwartet, standen wir in einem Meer voller Blumen auf dem großen Platz vor dem Kaiserpalast. Eigentlich auch keine große Kunst, denn der Verkehr schien in der alten Kaiserstadt „Hue" nicht ganz so dicht zu sein wie in Hanoi.

Man hatte jetzt das Gefühl, dass nicht mehr 6000, sondern nur noch 5900 Mopeds an uns vorbeifuhren, und selbst die Ampeln waren in bestem Zustand. Schnell erklärt ist auch, warum wir nach rekordverdächtiger Zeit in diesen vielen Blumen standen. Es war der Vorabend des Tet-Festes, und ein Fest ohne Blumen geht natürlich nicht.

Tet, da war doch was?
Die Älteren unter euch werden sich vielleicht noch erinnern. Die nordvietnamesische Armee hatte 1968 zu Tet eine großangelegte Offensive gestartet, die sie unter anderem bis nach Saigon brachte.
Die sogenannte Tet-Offensive wurde blutig und mit hohen Verlusten (etwa 20000 Tote bei „NVA und 4000 bei den „USA") zurückgeschlagen. Trotz der hohen Verluste bei der NVA leitete diese Offensive eine Kehrtwende im Krieg zugunsten Nordvietnams ein.
Wenn du ernsthaft mit dem Gedanken spielst, mal nach Vietnam zu fliegen, dann mach bloß nicht denselben Fehler wie wir und flieg zu oder während des Tet-Festes hin, tu dir das bloß nicht an.
Zwei Wochen vor und nach „Tet" sollten als Puffer genügen.
Wenn du diesen Rat befolgst, kannst du viel sparen: bspw. hohe Flugkosten beim Hin- und Rückflug, unmotiviertes Hotelpersonal, genervte Reiseleitungen, gestresste Taxi- und Mopedfahrer, überbuchte Züge und volle Flughäfen.
Fahrer, die einem Land und Leute zeigen sollen, sich aber dann lieber während des Festes bei ihrer Familie

aufhalten oder völlig übernächtigte und verkaterte Fahrer, die nur das Wort „Airport" kennen.

Auf die letzten beiden gehe ich noch ein.

Wir brauchten uns auch nicht mehr zu wundern, warum weder in Hanoi noch hier in Hue nur wenige bis keine Touristen waren, sie waren einfach nicht so blöd wie wir.

Natürlich: „Tet", das größte Fest der Buddhisten, ist in Vietnam das Fest der Feste, es ist so, als würde Weihnachten, Silvester und Ostern zusammenfallen, kein Wunder also, dass viele Vietnamesen aus dem Ausland nach Hause zu Besuch kommen.

Da Tet sich nach dem Mond richtet - ähnlich wie bei uns Ostern - fällt es jedes Jahr auf ein anderes Datum. Nur mal so als Beispiel, 1968 war Tet am 31.1.

Also, diese Blumen nervten so langsam, ich wollte hier einfach nur raus, Amsterdam zur Tulpenblüte kann nicht schlimmer sein. Wir bewegten uns durch die Astern wie der Storch im Salat, dann waren wir endlich am Eingang des Kaiserpalastes. Der Eintritt kostete die für vietnamesische Verhältnisse geradezu astronomische Summe von fünf Dollar.

Da ich, wie ihr ja schon wisst, mit Kultur nichts am Hut habe, überlegte ich mir, die fünf Dollar einfach zu sparen... - war'n Scherz - ...

Das kulturelle Highlight der Stadt war riesig, allein das Gelände schätze ich auf mindestens 100 Hektar.

Angeblich ist der Palast der verbotenen Stadt in China nachgebaut, was ich nur bestätigen kann, nur etwas kleiner als in Peking.

Ich mach's mal kurz, es war alles rausgeputzt für das Fest der Feste, in der Mitte der Anlage auf einer großen Wiese standen zwei riesige Drachen, min. acht Meter hoch und vierzehn Meter lang, komplett aus echten Blumen.

Das war für mich das Highlight des Tages. Natürlich kann man auch den ganzen Tag hier verbringen und hat am Ende noch nicht alles gesehen, wir machten hier aber „schon" nach 5 Stunden Schluss. Hört sich ziemlich langweilig an, unter uns, das war es auch. Irgendwas, egal was, musste also passieren und tatsächlich…

Als wir, noch im Palast, vor einem Gebäude standen, in dem sich eine Ausstellung befand, wurden wir von einem Mann angesprochen. Er hielt mir einen „Ausweis" vor die Nase, bei dem ich nicht wusste, ob es sich dabei um die Eintrittskarte vom letzten Rockkonzert oder ob es der Mitgliedsausweis der Videothek seines Vertrauens war.

Das war mal wieder so typisch, wenn sich irgendein mieser kleiner Betrüger jemanden zum Verarschen oder Abziehen suchte, dann fand er mit Sicherheit immer mich.

Glaubst du nicht?... Ist aber Tatsache.

Auf meiner Stirn steht mit „für mich" unsichtbaren Buchstaben geschrieben:

„Ich bin blöd, bitte nehmt mich."

Selbst wenn wir eben mit fünfzig anderen Touristen aus einem Reisebus gestiegen wären, wen hätte er angesprochen? Mich!

Der Typ hatte noch keinen Satz mit mir gewechselt, dennoch wusste ich instinktiv sofort, dass von ihm nur sinnfreier Mist kommen konnte.

„Ich bin Lehrer in einer Privatschule und sammele für unser Klassenzimmer."

Das war mit Sicherheit der falsche Text, jeder, der mich kennt, weiß, wie ich zu Privatschulen, Privatkliniken oder ähnlich „überflüssig Privaten" so stehe.

Es wäre also besser gewesen, seine todkranke Tochter oder den alten halb verhungerten Vater aus dem Ärmel zu ziehen, aber auch nur unwesentlich.

Gestern noch Bernhard, heute dieser Pseudolehrer.

Es hatte aber auch was für sich.

Bis dahin war ich noch der Meinung, dass es auf der Welt keinen Menschen geben würde, der schlechteres Englisch sprach als ich. Der Pseudolehrer überzeugte mich gerade eindrucksvoll vom Gegenteil. Ich gehe noch weiter, selbst der spaßige Rikschafahrer aus Hanoi wäre im Vergleich zu ihm noch die reinste Koryphäe.

Bis dahin war für mich noch alles bitterer Ernst, und ich war ziemlich genervt. Im Vergleich zu Bernhard, hätte ich ihm hier zwar locker den Stinkefinger zeigen können, beschloss aber, dem ganzen auf meine Art noch etwas Positives abzugewinnen.

Aus meiner Tasche zog ich einen Fünf-Dollar-Schein, hielt ihn hin und wartete auf seine Reaktion. Es kam wie erwartet.

„Surely you're joking with me."

Na also, geht doch.

Er holte einen DIN-A4 Ordner aus seiner Tasche und zeigte mir einzelne Blätter. „Weißt du eigentlich, wieviel die meisten Leute hier gehen?"

Ich sah mir die Blätter genau an und tat sichtlich erstaunt. Auf einer der Listen hatten mehrere Leute Beträge zwischen 100 und 200 Dollar „gespendet."

Schande über mich, ganz langsam zog ich meine Hand mit dem Fünf-Dollar-Schein zurück -du hättet mein Gesicht dabei sehen sollen.

Das gab ihm Auftrieb, er sagte noch, dass seine Kinder beim Unterricht auf Bananenkisten sitzen müssen, dass die Tafel aus dem Sperrmüll kommt und oft von der Wand fällt.

Das hätte eigentlich schon gereicht aber da war ja auch noch die Sache mit dem Essen. Das Essen war schlecht und nicht ausreichend, die meisten Kinder würden nach der Schule hungrig nach Hause gehen.

Selbst für mich als „harter Hund" war das nicht mehr zu ertragen, auf der Stelle sprang ich auf und sagte zu ihm, „ich gebe dir 200 Dollar, lass uns schnell ins Haus gehen, damit ich noch deinen Pass überprüfen kann."

Aufgeregt brabbelte er sich irgendwas auf beschissenem Englisch in seinen ungepflegten Bart. „Stay relaxed, I'm here and nothing can happen to you," versuchte ich ihn auf meine unnachahmliche Art etwas zu beruhigen.

Dreißig Meter von uns spazierten zwei Polizisten durch den Park, ich legte ihm meine Hand beruhigend auf die Schulter und winkte mit der anderen in Richtung Polizei. Wie von der Tarantel gestochen lief er weg, ließ das eine Blatt der Liste auf dem Boden liegen und mein Fünf-Dollar-Schein, der noch immer in meiner Hand war, interessierte ihn auch nicht mehr.

„War's das jetzt endlich?" fragte Karin.

„Ja, das war's."

„Hast du schon mal einen Vietnamesen so schnell laufen sehen?"

„Nö, du?"

„Nö."

Ich will mit dieser Story nicht andeuten, dass ihr in Vietnam besonders vorsichtig sein müsst, dass musst du mit Sicherheit nicht. Die Kriminalitätsrate ist hier sehr gering, und kleine dumme Gauner gibt es überall auf der Welt.

Auch will ich mich nicht als den abgezockten, harten und welterfahrenen Typen verstanden wissen, den nichts und niemand irgendwo auf der Welt an's Bein pinkeln kann.

Das Gegenteil ist der Fall, ich gebe zu, ich bin nicht gerade die hellste Kerze auf der Torte, kann aber noch zwei und zwei zusammenzählen, und das zusammen mit ein bisschen Menschenverstand ist in den meisten Situationen völlig ausreichend.

Es könnte natürlich auch nichts schaden, wie bspw. beim Pseudolehrer Informationen zu haben, die Einheimische (oder andere) von dir gar nicht erwarten.

So verdient ein Arzt in Vietnam im Staatlichen Krankenhaus ca. 500 Dollar, der Kollege von ihm, der bei gleicher Qualifikation ein Stockwerk über ihm auf der Privatstation arbeitet, bekommt 2000 Dollar.

Der Vergleich Privatschule zu Privatklinik hinkt natürlich erheblich und ist auch nicht darzustellen, da die Lehrer von Staatlichen Schulen gerade mal das Geld bekommen, um ihre Familien zu ernähren. Den Umrechnungsfaktor 4 kann man auch vergessen, mit 2 liegt man da mit Sicherheit richtiger.

Dennoch, das Prinzip ist erkennbar das Gleiche und meiner Meinung nach falsch.

Es gibt genug Idealisten, auch viele deutsche Lehrer hier in Vietnam, die meinen, natürlich das Richtige zu tun, aber trotz allem nur Puppen in den falschen Händen sind.

Wenn also irgendwo auf der Welt eine Tafel von der Wand fällt, dann hoffentlich in einer Privatschule.

Wir drehten noch eine Runde im Gelände, gingen vorbei an alten Tennisplätzen - der letzte Kaiser war „Tennisfan" - und waren gegen 17:00 Uhr am Ausgang.

Dann ging der Regen los.

„Regen", ist mit Sicherheit das falsche Wort für das, was uns jetzt erwartete.

Stellt dir vor, du stehst unter der Dusche, der Regler steht irgendwo zwischen lauwarm und heiß und ist bis zum Anschlag aufgedreht.

Vorher aber haben fiese kleine Heinzelmännchen noch alle 127 Düsen deines Duschkopfes auf doppelte Größe gebohrt. Der Himmel hing voller Duschköpfe, und zwar so dicht, dass dazwischen kein bisschen Licht mehr durchkam - kein Spaß - wir retteten uns halb schwimmend, halb tastend in die nächste Kneipe an der Ecke.

Nachdem wir etwas zu trinken bestellt hatten - für Bier war es nach „Bernhard" für mich noch zu früh - schauten wir dem Verkehr zu. Es war einfach sagenhaft. Wer glaubt, dass trotz dieser Sintflut, mit Wind und fast völliger Dunkelheit auch nur ein verdammtes Moped weniger durch „Hue's" Straßen fuhr, täuscht sich gewaltig.

Ich versuch mal zu beschreiben, was ich sah. Die verschärfte Version von einer Burka auf Vietnamesisch war das erste, was mir in den Sinn kam.

Stellt dir ein verlängertes Regencape aus Plastik vor, um den Kopf bis runter zum Hals enganliegend und völlig geschlossen. Ab den Schultern wurde das Cape breit, sehr breit sogar. Es zog sich nach vorn und hinten über Lenker, Lampen und Blinker, natürlich hatte es auch Sehschlitze für Augen, Lampen und Blinker aus feinstem transparentem Kunststoff. Über die Geschmacksrichtungen dieser Ganzkörperkondome kann ich nichts sagen, nur so viel, von aufreizend pink bis zurückhaltend mausgrau war so ziemlich alles vertreten, aber über Geschmack lässt sich ja bekanntlich streiten.

Wir saßen jetzt schon anderthalb Stunden hier und mussten weiter, aber wie?

Keiner, ich betone "keiner" der 100 Millionen Duschköpfe über unseren Köpfen zeigte auch nur das geringste Anzeichen einer Verstopfung, es war einfach nur grauenhaft.

Karin sagte: „Lass uns auf die andere Straßenseite gehen, dann über den Markt, und später rufen wir uns ein Taxi."

Hört sich doch ganz vernünftig und einfach an, oder?

Ja denkste.

Wenn 5900 farbig-gummierte, arabisch-vietnamesische Burkas in der Min. an dir im strömenden Regen vorbei heizen, ist nichts einfach, vernünftig oder gar lustig. Ich mach's kurz: Nach geschätzten zehn Min. kriegte ich endlich meinen linken Fuß auf die Straße, und wir waren bald darauf schon am Ende des Marktes, aber Taxis absolute Fehlanzeige.

(Mit den Taxis in Vietnam ist es wie Zuhause, wenn du schon mal dringend eins brauchst, hast du ein echtes Problem.)

Eine Stunde später standen wir sacknass vor dem Eingang eines Internetcafés, wollten nur im Trocknen sitzen, E-Mail's schecken und Kaffee trinken. Und wiedermal ein dickes „denkste".

Es war mit Sicherheit nicht so, aber ich hatte das Gefühl, dass sich die gesamte Bevölkerung Hue's - immerhin 300.000 Einwohner plus geschätzte 400 Touristen - exakt heute um 19:30 Uhr ausgerechnet vor diesem Internetcafé zum gemütlichen Zusammensein verabredet hatte.

Und wir mittendrin, nass, durstig, genervt und „hungrig", und wie ihr ja wisst, wenn ich Hunger habe, „kenn ich mich nicht."

„Wenn du denkst, es geht nichts mehr, kommt irgendwo ein Lichtlein her."

In unserem Fall war es ein Engländer, der uns den Weg zu einem Restaurant erklärte. „Da müsst ihr auf jeden Fall hin, es ist keine dreißig Min. von hier, das Essen ist ausgezeichnet, und er hat schöne Bilder an den Wänden."

Jetzt mal unter uns, wenn dir, wo auch immer auf der Welt ein „Engländer" sagt, dass das Essen da oder auch da gut schmeckt, würde ich diese Information nicht gerade überbewerten.

Mit einem hatte er allerdings Recht, nach genau dreißig Min. saßen wir im Lokal und hatten die Speisekarte vor uns auf dem Tisch. Es gab internationale Gerichte. Was Karin sich bestellte, weiß ich nicht mehr, ich nahm die Spaghetti mit Hackfleisch. Bei Spaghetti mit Hack kann der Koch nur wenig bis gar nichts falsch machen....„dachte ich."

„Wie hat es euch geschmeckt?"

Der Chef war an unseren Tisch gekommen und erwartete eine Antwort. „Gut" antwortete ich schnell, um gleich mit einer Frage das Thema zu wechseln. „Hier hängen schöne Bilder, hast du die alle aufgenommen?"

Ich hatte noch nicht ganz ausgesprochen, weg war er, (mein Englisch ist aber auch grottig), um eine Min. später mit zwei fetten Fotoalben wieder bei uns am Tisch zu stehen.

„Dieses Foto habe ich in jenem Land gemacht und das hier in Peru."

Klasse, er war genau der richtige, ihm konnte ich Fragen stellen, ohne ständig mit einem „Ja, aber" rechnen zu müssen. Fragen über Vietnam, über Land und

Leute und natürlich über Buddha, Gott und die Welt. In meinem Kopf war der Vorspann zum Film schon angelaufen. Wie geht es euch in Vietnam, was wollt ihr, wo wollt ihr hin, und vor allem von was träumt ihr?

Jedoch mit jeder Minute, die verging, wurden meine Erwartungen immer geringer, die Seifenblase, in der sich mein „Kopfkino" befand, war schon bedrohlich geschrumpft und drohte jederzeit am Unterdruck zu zerplatzen.

„Er" redete.

„Er" stellte Fragen.

Das Schlimmste aber war, dass er seine eigenen Fragen immer selbst beantwortete.

Manchmal beantwortete er auch seine eigenen Fragen, bevor er sie überhaupt gestellt hatte.

Fragen dazu eurerseits?

Na dann, Film ab:

„Aha, aus Deutschland kommt ihr......Deutschland ist schön.

Gibt es in Deutschland auch große Flüsse wie hier?…Ach ja, und sauber sind sie.

In Deutschland sind schöne Wälder… Gibt es in Deutschland Wald?

Bei euch fahren alle große Autos… Fahren wirklich alle schöne große Autos?

Habt ihr auch ein Meer?... Ach so, ja, natürlich habt ihr ein Meer.

In Deutschland gibt es auch eine Königin, oder?... Na klar gibt es die, na klar.

Bei euch haben „alle" schöne Häuser"....................???!
Blubb!??
Harte Nummer, oder? Übrigens, das Blubb war die
Seifenblase, die gerade in meinem Kopf zerplatzt ist.
Ich beneide dich, du bist raus aus der Nummer und
kannst jetzt schon aussteigen. Wir hingegen mussten
uns diesen zugegeben etwas fragwürdigen Monolog
noch fünfzehn Min. bis zum bitteren Ende des Direc-
tor's Cut antun. Das macht mal wieder deutlich, wer
einfach nur lesen kann, ist klar im Vorteil und kann
auch viel früher wieder anfangen zu lachen.
So, die fünfzehn Min. waren jetzt auch für uns vorbei,
und mal ganz ehrlich, so schlimm war es gar nicht. Im
Gegenteil, der redselige vietnamesische Gastwirt, der
noch nie einen Fuß auf deutschen Boden gesetzt hatte,
hat mich zu einem zufriedenen und glücklichen Menschen gemacht. Nicht nur das, er hatte auch alle meine
Fragen, die ich mir im Vorspann zurechtgelegt hatte,
wenn auch unbewusst zu meiner vollsten Zufriedenheit beantwortet.
Respekt.
„Auch gute Bilder machen aus einem schlechten Film
keinen besseren."

Als ich die Tür aufmachte, regnete es immer noch
Katzen und Hunde.
Was soll's?
Ist die Frisur erst ruiniert, lebt sich's doch ganz unge-
niert.

Ich ging zum Straßenrand, steckte mir meinen kleinen Finger ins Ohr und zog den Film aus dem Kopfkino. Mein kleines gelbes Einwegfeuerzeug für 50 Cent zündete beim ersten Mal und verwandelte den großen Haufen Zelluloid erst durch einen Knall, dann durch eine Stichflamme zu Schall und Rauch.
Streich bitte die letzten zwei Sätze aus deinem Kopf. Das geht nämlich gar nicht. Das war gelogen. Das darf man gar nicht schreiben.
Aber das habt ihr ja gleich gemerkt liebe Kinder, schneller als die doofen Erwachsenen.
Auf dem Weg zurück zum Hotel hatten wir uns prompt verlaufen. Eigentlich wäre die Strecke eine Sache von zwanzig Min. gewesen, wir brauchten locker fünfzig Min. Aber wen sollten wir auch nach dem Weg fragen, wenn niemand auf der Straße war?
Nach einem kleinen Zwischenstopp bei einer vietnamesischen Familie, die in einer Art Garage in's Tet-Fest feierte und uns im Zustand des erweiterten Frohsinns herzlich einlud mitzufeiern, standen wir bald darauf endlich im Hotel.
An der Rezeption mussten wir einen Moment warten, danach machten wir auf die riesige Pfütze aufmerksam, die sich unter unseren Füßen gebildet hatte. Die Angestellte lehnte sich über den Tresen und erkannte jetzt verzögerungsfrei den Ernst der Lage.
„Oh ihr Armen, das lass ich gleich wegmachen, hier habt ihr den Schlüssel, geht auf's Zimmer und stellt euch unter die Dusche."
Eins muss ich ja im Nachhinein sagen:
„Humor haben sie in Vietnam, echt ma´."

Am Fenster unseres Zimmers zog ich die Kamera aus der Revolvertasche, die laut Internet auch tropische Regengüsse problemlos wegstecken würde und merkte, dass das Objektiv 3 cm im Wasser war.

Soviel nur mal zum Internethändler meines Vertrauens.

Entschuldigung, es kotzte mich alles einfach nur noch an, wenn das morgen so weitergeht, na dann „gute Nacht."

8. Hue II
Der Sampan, das Grab und Van Halen

Die Sonne schien, als ich gegen Mittag mit unseren zwei gelben Regencapes auf dem Arm vor dem großen, verwitterten und halb verfallenen Tor in der Grabanlage stand.

Wir hätten uns auch für die Turmpagode, ein anderes Kaisergrab oder sonst was entscheiden können, aber Karin und ausgerechnet ich Kulturbanause stand jetzt in der Grabanlage des Tennisfans.

So, jetzt aber mal langsam und zum Mitlesen.

So hatten wir uns das nicht vorgestellt, als wir zwei Stunden vorher in einem kleinen Laden an der Hauptstraße mit einem Fünf-Dollar-Schein die Regencapes bezahlten, so nicht. Trotzdem saßen wir kurze Zeit später in einem Sampan und fuhren Richtung Kaisergrab.

Wir wollten eigentlich mit dem Bus oder Taxi fahren, das war „billiger und ging schneller."

Unten am Fluss aber standen wir an einer geschlossenen Touristen Information, was soll ich sagen, „Tet" eben. Wir konnten also nicht herausfinden, ob Busse fuhren oder wo sie abfuhren, entsprechend ratlos waren wir auch.

Genau das merkte auch der Kapitän eines Sampans und lud uns eindringlich ein, mit ihm zu fahren.

Wir konnten natürlich immer noch mit einem Taxi fahren, deshalb machte ich dem Kapitän ein Angebot, das er unmöglich „annehmen" konnte, zwölf Dollar für beide.

„O.K. Steigt ein, ich fahre gleich los!"

Er warf die große Bohle an das Ufer, nahm eine lange Stange und stieß den Sampan vom Ufer ab. Da bestätigt sich doch wieder, erstens kommt es anders und zweitens als man denkt.

Die ersten Tage in Vietnam hatte ich mich noch über vieles gewundert, das ließ nach, und fast alle diese „Wunder" sollten sich später am Ende der Reise irgendwie in Verständnis verwandeln. Und um mal bei Phrasen zu bleiben, der Weg war das Ziel und das im wahrsten Sinne des Wortes.

Der Kapitän warf den großen Diesel an, und wir zwei fuhren in einem Sampan, auf das locker 30 Leute gepasst hätten, stromaufwärts dem Kaisergrab entgegen. Die Spritpreise liegen so bei einem Dollar pro Liter, die Fahrzeit bei 2,5 Stunden, was hatte er also noch verdient?

Egal, die Fahrt war der Hammer, erst ging es mal durch Dresden - die Brücken erinnerten daran - dann aber ins tiefste Vietnam, vorbei an Booten, die beladen waren mit Dachziegeln aus Holz oder Boote mit Wellblech. Es gab aber auch Boote, die bis zum Rand im Wasser steckten und mit Ziegelsteinen beladen waren und welche mit Schilf oder Stroh und, und, und,...

Fischer, die ihre Netze auswarfen und wieder einholten, Frauen, die auf den Feldern standen und den Reis setzten und Kinder, die im Wasser mit einem Ball spielten.

500 Meter weiter kamen wir an eine kleine Siedlung, auf der Veranda eines Pfahlhauses war eine Familie, die gerade zu Mittag aß.

Die Hausfrau saß mit ihren zwei Kindern auf dem Boden um eine zerbeulte Reisschüssel, der Opa saß auf einem Schaukelstuhl aus Bambus und rauchte Bambuspfeife. Am Rand der Veranda lag das Familienoberhaupt in einer Hängematte und beobachtete seine drei Bambusangeln.

Nach 1 Stunde und 20 min. waren wir da.

Na ja, an einer Wiese eben, die steil nach oben im Nichts endete. Ich hatte nicht vor, mich noch zwei Stunden durch den vietnamesischen Dschungel zu kämpfen, deshalb fragten wir nach, ob wir überhaupt richtig seien.

„Ihr seid richtig, geht nach oben dann nach rechts den Weg, etwa zehn Min."

Nach der Wiese standen wir an einem kleinen Platz, ein paar Meter links neben uns baumelte lieblos das obere Ende einer Lampe am verrosteten Laternenpfahl.

Nach 100 Metern auf besagtem Weg kamen wir an ca. fünfzehn Buden vorbei, eine davon hatte auf. In einer Ecke saß eine Frau und strickte, vorne stand ein kleines Kind und bettelte uns um Geldmünzen an, wir gingen weiter. Aus den Augenwinkeln sahen wir noch, wie die Frau das Kind rechts und links ohrfeigte.

Das war schlimm, was jetzt aber kam war grotesk bis abgedreht, und damit wiederum genau das Richtige für mich. Man muss sich das vorstellen, wir standen vor dem Kassenhäuschen einer Grabanlage, die als touristisches Highlight weit über die Grenzen Hue's hinausging und mussten den Kartenverkäufer wecken. Wir bezahlten fünfzig Cent, er gab uns zwei Karten und sagte uns, dass wir diese am Eingang vorzeigen müssten. In dem Häuschen am Eingang war niemand, auch nicht in der Nähe, ja in der ganzen Anlage war keine Menschenseele. Noch war Karin gut gelaunt, sie musste zur Toilette und gab mir ihr Regencape zum Halten. Das war das zweite und letzte Mal, das Karin in Vietnam eine öffentliche Toilette benutzte.

Da die Sonne schien, nahm ich jetzt unsere zwei gelben Regencapes von meinem Arm und steckte sie in unseren Rucksack. Anschließend schauten wir uns das verwitterte und halb verfallene Tor genauer an, ich weiß nicht, 'Umberto Ecco' hätte wahrscheinlich diesem Tor zehn Seiten seiner Genialität gewidmet, für mich aber war es einfach nur ein altes, verwittertes, verfallenes, asiatisches Tor.

Bei den meisten Gebäuden im Gelände sah es nicht besser aus, aber die Grünanlagen, Bäume und Teiche waren in gutem Zustand. Wir schlenderten so von Haus zu Haus, von Brücke zu Brücke, hörten den Vögeln beim Zwitschern zu usw..... Showtime!

Ein Reisebus hatte mit Sicherheit eben an der verrosteten Laterne eine Gruppe von 40 „Franzosen" freigelassen, die sich jetzt mit enormer Geschwindigkeit ihren Weg zu uns suchten!

Wir sprangen zu Seite und suchten uns einen Platz zum Beobachten. „Monique, noch einen Schritt nach rechts, so kriege ich die schöne Brücke drauf, ja so ist gut und lächeln", klick! „Claude, geh doch mal zu Monique, so ist es gut, ein kleines Stück nach links, ach Claude, mach dir den Schuh sauber, und Monique, knöpf dir die Bluse zu, so noch ein Stück nach rechts und lächeln-lächeln", klick!

Ich muss sagen, für 50 Cent bekamen wir richtig was geboten, aber nach fünfzehn Min. war's auch schon vorbei, die Vögel fingen wieder an zu zwitschern, und wir gingen über die Brücke zur Gruft. Da diese aber nur einmal im Monat geöffnet wird, hatte sich das Thema Kaisergrab nach zwei Stunden für uns auch erledigt.

Auf der Rückfahrt flussabwärts fuhren wir noch an zwei weiteren Kaisergräbern und einer Turmpagode vorbei. Wenn die Franzosen sich nur ein bisschen beeilen, schaffen sie das alles und den Kaiserpalast heute noch locker.

Nachdem ich dem Kapitän die vereinbarten zwölf Dollar bezahlte, saßen wir kurze Zeit später in einem asiatischen Burger-King, aßen, tranken, um uns anschließend draußen auf eine Mauer zu setzen und gar nichts zu machen.

Was war denn das jetzt?

Das konnte doch nur, das musste doch, nein das war „Van Halen."

Ich drehte mich um und sah in etwa zwanzig Metern an einem Baum vier Novizen und zwei andere Kinder stehen. 'Jump!'. Ein fünfter Novize kam gerade mit einer großen Papiertüte aus dem Burger und stellte sich dazu. Ein perfektes Bild, alle fünf Glatzen, Zopf und braune Mönchskutte, vor ihnen auf einer Bank ein Ghettoblaster 'Jump!'.

Ich traute meinen Augen - vor allem aber meinen Ohren nicht. Ich hörte jetzt 'Van Halen's Jump' und sah fünf zukünftige Vertreter Buddha's locker dazu mit belatschten Füßen im Takt wippen.

Van Halen sprang noch immer auf meinen Trommelfellen, als uns wenig später zwei „modisch gekleidete" junge asiatische Frauen ansprachen. „Hallo, könnt ihr uns sagen, wie wir zur nächsten Bank kommen, wir brauchen unbedingt ein Geldautomat?"

Ich erklärte ihnen den Weg und fragte sie, wo sie zuhause sind.

„Korea."

Da mir schon des Öfteren gesagt wurde, dass über meine Scherze niemand so richtig lachen kann, sparte ich mir die Frage nach „Nord- oder Südkorea."

In unserem Reiseführer stand, dass es hier in Hue mitten in der Stadt ein sehenswertes romantisches Sampan Dorf gibt, das man gesehen haben muss, deshalb gingen wir hin.

Zu bemerken ist vielleicht noch, dass es Reiseführer gibt, die sachlich und realistisch sind, unserer gehörte nicht dazu.

Als wir kurze Zeit später auf einer Brücke standen, die über ein kleines Flüsschen führte, sahen wir uns um. Rechts unter uns war eine große Müllkippe, die sich über eine Breite von ca. 60 Meter den Abhang zum Fluss runter zog.

Hier spielten Kinder, die auch im angrenzenden dreckigen Wasser badeten, und Frauen gab es, die ihre Wäsche auf- oder abhingen. Auf der anderen Seite lag vor uns das Sampan Dorf, na ja, etwa so romantisch wie eine triste Vorstadt-Plattenbausiedlung an einem verregneten Novemberabend.

Ja, hier waren sie, die Sampans aufgereiht wie an einer Perlenschnur und abgestellt wie auf einem Abstellgleis zogen sie sich 200-300 Meter am Flüsschen entlang. Von den 30-40 Booten waren einige in gutem, ja sehr gutem Zustand, so als hätten sie gestern noch auf dem großem Fluss Touristen zu den Highlights dieser Stadt gefahren.

Einige davon standen frisch gestrichen - man muss fast schon sagen künstlerisch bemalt - und voller Stolz an ihrer letzten Anlegestelle. Andere dagegen, und das waren die meisten, hatten's „bald hinter sich", sie standen am Ende der Reihe und warteten hilflos und vermodernd auf das Ende ihrer Tage.

Es waren auch keine Menschen da, nicht einer, der gemütlich auf dem Schaukelstuhl saß und Pfeife rauchte, nicht einer, der am Heck seines Bootes saß und seine Angeln beobachtete und auch keine Kinder, die mit ihrer Mutter auf dem Vorschiff saßen und Suppe aßen. Auf dem Rückweg sahen wir nur eine Frau, die aus einem Blecheimer Flüssigkeit in den Fluss kippte. Das Sampan Dorf war ein „Sampan Friedhof" der zu Gunsten der Wirtschaftlichkeit entstanden ist, ohne Wasser und offensichtlich auch ohne Müllabfuhr.

Da war es schon wieder, dieses für blöd gehalten zu werden, diese maßlose Unterschätzung, diese Einstufung. Aber wer macht sowas, wer hält oder will uns blöd halten?

War es die „aufgeweichte" Kommunistische Partei Vietnams?

War es der im Dämmerlicht der Romantik versunkene Autor unseres Reiseführers?

Ich weiß es nicht, aber eins weiß ich, uns das Sampan Dorf als pure Romantik zu verkaufen ist - jetzt entschuldigt mal meine Ausdrucksweise - „zynisch-sarkastischer-Dünnschiss!"

Ihr habt es sicher schon gemerkt, wenn ich mich über etwas ärgere, gehe ich oft mal einen Schritt zu weit. Um wieder runter zu kommen, zum Vorteil für euch und mich, deshalb an dieser Stelle ein paar „Infos" zur Lage der Nation.

Vietnam grenzt im Norden an China, im Osten an den Golf von Tonkin und das Südchinesische Meer und im Westen an Laos und Kambodscha. Die Landmasse entspricht der unserer Bundesrepublik, nur anders verteilt.

Leg vor dich ein Saunatuch auf den Tisch und drück es in der Mitte mit der Faust fest zusammen. Dann ziehst du das obere linke Ende ein wenig nach links, schiebst die zwei unteren Enden mit beiden Händen ganz vorsichtig etwas zusammen und ziehst sie ebenfalls nach links. Oben im Handtuch ist Hanoi, unten Saigon, und wir, ja wir waren jetzt da, wo du gedrückt hast. Die Einwohnerzahl Vietnams entspricht mit 88 Millionen etwa der Deutschlands.

Während es in Deutschland aber für mich aus nachvollziehbaren Gründen zu Geburtenrückgängen kommt, läuft der Hase in Vietnam andersrum. Um die seit Jahren geradezu inflationär steigenden Geburtenraten begrenzen zu können, hat die Partei reagiert: Aufklärungskampanien, Abtreibungsgesetze, praktizierte Abtreibungen, bei denen man von Körperverletzung sprechen könnte, die Pille davor, die Pille danach, Kondome, die zweite-Kind-Regelung und vieles mehr.

Diese Maßnahmen führen in Vietnam zu massenhaften Mädchenabtreibungen und zumindest bei betuchteren Vietnamesen auch zu vermehrten Anfragen bei Privatschulen, aber sicherlich nicht zum eigentlich gewünschten Effekt.

So, jetzt reicht's bevor bei dir gähnende Langeweile aufkommt und du dieses Buch in die Ecke schmeißt und nicht wieder anfasst, bin ich auch schon bei unserem nächsten Reiseziel und Kapitel. Eins nur noch vorab, in diesem Kapitel lasse ich keine unnötigen Fragen oder Zweideutigkeiten aufkommen,... na ja, ich versuch's halt.

9. Hoi An   Karussell und Phallus

Unser Fahrer war total verkatert - „Tet-Fest" eben - er sprach kein Wort Englisch, und man merkte ihm an, dass es ihm schwerfiel, uns zu fahren. Die Fahrt über den Wolkenpass dauerte 4 Stunden, wir hatten schon einige Lkw's überholt, die mit zerlegtem Motor am Straßenrand lagen. Die Passstraße hatte es in sich, sie war steil, kurvenreich, und nach ca. zwei Stunden fuhren wir durch einen etwa zwölf Km langen Tunnel.

Ich muss sagen, der Wolkenpass machte seinem Namen alle Ehre, die Wolken waren auf der einen Seite und wir jetzt auf der anderen. Auch die Temperatur war um ca. 10° C höher, ich ließ den Fahrer anhalten, um ein Foto zu machen.

Rechts neben der Straße zogen sich noch ein paar Berge Richtung Himmel, links nach unten fiel die Landschaft steil ab und endete schließlich in einer fruchtbaren Ebene, die von einem großen Fluss durchzogen wurde. Bäume, Wiesen, Bäche und Felder waren hier stilistisch, ja man muss schon sagen künstlerisch auf einem Teppich angeordnet worden, der sich aufgerollt und unverrückbar bis zum Horizont erstreckte.

Es fühlte sich an wie durch ein Paradies zu rollen, bis die Millionenstadt Da Nang am Ende des Teppichs unseren Gefühlen ein Ende setzte.

Nein, wir waren nicht im Paradies, wir waren da, wo ihr vorhin das Saunatuch mit der Faust zusammengedrückt habt…. In Zentralvietnam.

Etwa 30 Autominuten südlich von Da Nang lag unser Ziel, das Städtchen Hoi An.

Über dem Eingang unseres Hotels war auf Bronzebuchstaben der bezeichnende Name „River Beach Resort" zu lesen, darunter strahlten uns vier frisch geputzte Sterne entgegen.

Nach einem obligatorischen Smal Talk mit Begrüßungsgetränk schlenderten wir zum Haus Nr. 7, unser Zimmer war im Erdgeschoß.

Geplant war eigentlich, hier Urlaub vom Urlaub zu machen, mit anderen Worten: Wir wollten drei Tage auf der Liege am Strand verbringen. Wollten essen auf der Liege, wollten trinken auf der Liege, Bier und vielleicht auch ein Schlückchen weißen Rum für das „legendäre Feeling", wollten viel schlafen und nur aufstehen, um uns in der Tonkin Bay abzukühlen, nur aufstehen, um abends im Hotel am Fluss beim Dinner mit Kerzenlicht den Sonnenuntergang zu genießen, so war der Plan...

Als wir kurze Zeit später am Strandhäuschen unseres Hotels standen, überschlugen sich die Angestellten geradezu. „Ihr könnt euch die Liegen aussuchen, ihr braucht Auflagen, Decken und Handtücher, was dürfen wir euch zu trinken bringen?"

Erstaunlich, diese Hingabe, eben hatten sie noch die Getränke durch die Glastür des Kühlschrankes beim Kühlen beobachtet, und dann kamen doch tatsächlich zwei Gäste. „Wir wollen nur mal gucken", sagten wir, gingen die paar Meter runter zum Strand und staunten. Der Strand war leer, die Sonne schien, die Palmen wiegten sich im leichten Wind, die Temperatur lag so um die 30°C, und wir standen hier und trauten unseren Augen nicht.

Keine Menschenseele war zu sehen, nicht hier und auch nicht an den angrenzenden Hotelstränden. So einen menschenleeren Strand hatten wir nach einem Hai-Alarm in Virginia Beach zum letzten Mal erlebt.

Eben dachte ich noch, der Badeort Hoi An samt seiner Strände sei die vietnamesische Antwort auf das schöne Lloret de Mar und dann so was.

Wir gingen am Wasser weiter und kamen zum Strand der Einheimischen, die hier auch zahlreich vorhanden waren. Auch sie boten uns für ein paar Cent Liegematten, Sonnenschirme und Drinks an, auch hier lehnten wir dankend ab.

Aus meiner Sicht ist noch der „Wachturm" erwähnenswert, ein Relikt der späten siebziger des vergangenen Jahrhunderts. Schief, halb verfault, die Bretter, die den Plattformboden bildeten, waren durchgetreten oder nicht mehr vorhanden, und die meisten Stufen der Leiter hingen lieblos am Rand.

„Pamela Anderson" hätte diesen Turm aufgrund von mindestens zwei guten Argumenten nicht mal mit ihrem einladenden Hinterteil angekuckt, mir aber war er auf jeden Fall mindestens zwei Fotos wert.

Auf der Straße zurück zum Hotel kamen wir an vielen Ständen und Lokalen vorbei, die meisten hatten geschlossen. Gegenüber von unserem Hotel - also strategisch günstig - dann endlich ein Lokal das offen war, „Mrs. Thing!"

Na ja, „Lokal" ist vielleicht etwas beschönigend, Wellblech, Bambus und Strohmatten hielten die Hütte - wie die meisten um uns herum - sicherheitsbedenklich zusammen, aber was soll's. „Happy New Year" begrüßte uns Mrs. Thing mit einem Lächeln, ihr seid meine ersten Gäste im neuen Jahr.

Sofort lag mir auf der Zunge, von dem guten alten deutschen Brauch zu erzählen, nach dem die ersten Gäste im neuen Jahr in allen Lokalen in Deutschland das erste Getränk immer „frei" haben...

Wie jetzt, kennt ihr nicht?... Egal, ich lass dass mal so stehen.

Mrs. Thing war einfach nur köstlich, sie war so um die vierzig Jahre und hatte den Umfang, der einer Köchin würdig war. Gegenüber ihrem redseligen Kollegen aus Hue hatte sie auch noch zwei entscheidende Vorteile:

Zum einen kaute sie uns nicht die Ohren mit völligem Blödsinn blutig, zum anderen - und das war das entscheidende - „sie konnte kochen."

Nach zwei Minuten stellte sie uns Getränke auf den Tisch - die wir auch bezahlten - und sagte, dass ihr Holzofen noch heiß werden musste.

Wir hatten also Zeit, und so guckten wir den Vietnamesen zu, die zum Strand gingen.

Wirklich sagenhaft, diese Mädchen und Frauen, vermummt von Kopf bis Fuß. Ich fang mal von oben an, Moped Helme, Skimasken, Sonnenbrillen, Schals oder wahlweise Rollkragenpullover, Handschuhe, lange Hosen und geschlossene Schuhe, das alles bei

30°C im Schatten, kein verirrter Sonnenstrahl sollte ihre Herkunft verraten.

Dann fuhr ein Moped mit 5 Leuten an uns vorbei, genauer gesagt mit 5 ½, ein Familienmoped. Ein etwa vier Jahre alter Junge stand vorne auf dem Rahmen und hielt sich mit beiden Händen am Lenker fest, dahinter der Fahrer und stolze Vater, danach ein ca. 12-Jähriger, der in einer Zeitschrift blätterte und mit dem MP3-Player Musik hörte, anschließend die Mutter, die mit der rechten Hand ein Handy an's Ohr hielt und die andere dazu benutzte, sich ihr Baby an die linke Brust zu halten, zu guter Letzt noch eine 14-Jährige, ebenfalls mit Handy, die gerade eine wichtige SMS eintippte.

Nach fünfundvierzig Minuten kam unsere Suppe, genial, köstlich, schmackhaft, unvergleichlich, all diese Worte sind noch maßlos untertrieben. Die Suppe war einfach nicht von dieser Welt und somit die geilste Suppe die ich jemals gegessen habe. Deshalb wurde „Mrs. Thing" sehr zum Bedauern unser Hotelbetreiber zu unserem Stammlokal.

Mit dem Hotelbus fuhren wir die drei Km in die schöne Innenstadt von Hoi An.

Vietnam's Vorzeigestädtchen „Hoi An" wurde vor Jahren mit hohem Kostenaufwand saniert.

Edelsaniert und über das Ziel hinausgeschossen trifft es besser.

Ja, die Stadt war wirklich schön, jedenfalls das, was wir an diesem Tag aus den Augenwinkeln heraus davon sehen konnten. Wir wurden von Touristen durch die Hauptstraße der gut erhaltenen Stadt geschoben, wenn wir uns aber auf die Zehenspitzen stellten, konnten wir etwas mehr sehen.

Eine Stadt mit Geschichte, restaurierte alte Häuser entlang der Straße wechselten sich mit kleinen Pagoden und Tempeln ab.

Es gab aber auch reichlich Souvenirläden, Restaurants und Rikschas, ein Eldorado also für Historiker und Nostalgiker. Meine Interessen sind da zugegebenermaßen, wie du schon weißt, etwas anders verteilt. Neben einer Schneiderei entdeckte ich einen Fotoladen und sah durch die Scheibe ein Bild.

Nicht etwa, dass ich von einem Fotoladen mitten in Vietnam künstlerische Höchstleistungen erwartete, aber dieses Bild war so grotesk wie daneben. Das Bild (den Unterschied zwischen „Bild" und „Foto" werde ich bei passender Gelegenheit noch erklären) war zweifellos eine Studioaufnahme. Im Hintergrund war eine völlig falsch aufgehellte Flusslandschaft zu sehen, Farbkontraste verliefen in sich, Schärfe oder gar Tiefe waren erst gar nicht vorhanden, alles in allem irgendwas zwischen „Andy Warhol" und „Claude Monet".

Im Vordergrund frontal und natürlich genau mittig auf einem Teppich das Hauptmotiv, ein Hochzeitspaar. Sie saßen auf zwei Hockern, und zwischen ihnen stand ein Moped mit einer Blumenvase auf der Sitzbank.

Wiederum, wie auch schon im Literaturtempel, offensichtlich eine christliche Hochzeit. Es war auch fast alles identisch: das weiße Kleid, der Smoking, der Brautstrauß, nur auf dem Kopf trugen sie Moped-

Helme. Wie sie so dasaßen, ihre Hände mit dem Brautstrauß über dem Nummernschild verschlungen und mit ihren Moped-Helmen breit in die Kamera grinsend, war einfach nur ein „Bild für die Götter."

Respekt, nicht nur ich, sondern auch die Regierung Vietnams beweist auch gegenüber Minderheiten eine gewisse Aufgeschlossenheit… Jetzt mal wieder Spaß beiseite, sie mussten was tun. Tausende von Verkehrstoten, die meisten mit Kopfverletzungen, sprachen da eine unmissverständliche Sprache. Auf Helmverweigerer warteten harte Strafen meist finanzieller Art.

Auch wurde eine große PR-Aktion ins Leben gerufen, gemäß dem Motto Der siebte Sinn liefen im Fernseher Filmchen rauf und runter. Prominente, Hochzeitspaare und andere stellten ihren „Kopf mit Helm" gerne für Aufklärungsfotos zur Verfügung. Ich fragte mich noch, warum sie auf diesem Bild ausgerechnet die Minderheit der Christen ansprachen und nicht die Mehrheit der Buddhisten, sah schon Buddha mit Moped Helm betend im Schneidersitz auf der Sitzbank eines Mopeds sitzen, als uns die Menge weiterschob.

An der kleinen Japanischen Brücke dann ein Stau, für ca. 80 Meter brauchten wir 20 Min.. Als wir endlich da waren, war klar, hier hatte asiatische Handwerkskunst ihre Meister gefunden. Die Japanische Brücke ist ein Geschenk der japanischen Regierung an die Vietnamesen, die in den vierziger Jahren die japanische Armee auf dem Marsch Richtung China (nicht ganz freiwillig) unterstützten.

Nach der Brücke wurde es ruhiger, nicht ein einziger Mensch war mehr zu sehen, als wir weitergingen. Am Ende der Straße kam noch ein letzter Laden, in dem sie T-Shirts verkaufen wollten und eine große Brücke. Ich wollte nicht mehr zurück zur japanischen Brücke und den Touristen, so überredete ich Karin, mit mir über die große Brücke die Promenade runterzulaufen. Die Promenade war nicht wirklich schön, viel Beton, neue Laternen, die das Flair der 30-ger andeuten sollten und Kunstwerke, ebenfalls aus Beton, rundeten den Gesamteindruck nicht gerade positiv ab.

Einzig und allein die mittlerweile tiefstehende Sonne, die die gegenüberliegende Häuserzeile beleuchtete, ließ so etwas wie „Good Vibrations" aufkommen. Gestern hatten die Vietnamesen den Geburtstag ihres Wassergottes gefeiert, und auf dem angestauten Fluss schwammen noch einige Tiere oder Schiffe aus Pappe und Holz.

Kurze Zeit später standen wir vor einer Drehtür, die zu einem Festplatz führte. Natürlich wollte ich sofort rein, doch Karin sagte: „Das können wir nicht machen, das ist hier nur für Vietnamesen, guck doch mal, wie die gucken!"

Da war sie schon wieder, Karin's übertriebene Vorsicht.

Na ja zugegeben, ganz so einfach war es auch für mich nicht, der Platz war eingezäunt, und kein Tourist war zu sehen. Aber gerade deshalb... oder?!

Stellt euch eine Dorfkirmes Anfang des vergangenen Jahrhunderts vor, Strom - wenn überhaupt - war nur spärlich vorhanden und Karussellbremser und Schiff-schaukelanschieber mussten ihr Bestes geben.

Als wir durch die verbogene und quietschende Dreh-tür gingen, waren augenblicklich 250 Augenpaare auf uns gerichtet, aber trotzdem standen wir kurze Zeit später bei einem Kinderkarussell. Wieder sagte Karin: „Lass uns lieber gehen, die gucken so komisch". „Hier guckt keiner" log ich, und wenn schon.

O. K., Jetzt kann ich es ja sagen, na klar guckten sie - und wie. Sie guckten uns an, als hätten wir „Taucher-flossen an den Füssen und Bananenschalen auf dem Kopf!"

Trotz allem, für mich war dieser Rummelplatz einzig-artig und charakterisierend für Land und Leute. Keine „zehn Pferde" hätten mich hier weggekriegt, allein schon das Karussell war faszinierend. Seit Jahren hatte ich kein Kinderkarussell mehr gesehen, und aus-gerechnet dieses erinnerte mich an eines, das wir vor langer Zeit mal in den USA gesehen haben.

'Es war einmal in Amerika',

ich war begeistert von dem Karussell, und alle, die den Film 'Der große Clou' gesehen haben, können meine Begeisterung jetzt nachvollziehen.

In einer der letzten, einer eigentlich unbedeutenden Szene des Films ließ 'Henry Gondorff' in einer groß-zügigen Geste seine „Pferdchen" auf den Pferden sei-nes Karussells eine Runde reiten.

Es steht nicht etwa in Chicago, oder wie es vielleicht auch noch zu vermuten wäre in Hollywood, nein, es steht in Monterey, einer kleinen Stadt, etwa eine Au-

tostunde südlich von San Francisco. Nicht nachzuvollziehen, sie haben also nur wegen dieser einen
Szene von ca. zwei Min. das Filmteam von Hollywood nach Monterey gekarrt.......

..........Bis heute weiß ich nicht, warum wir damals in
diesem Kaff gelandet sind. In Monterey gab es keine
Sehenswürdigkeiten, die einen Besuch rechtfertigten,
nur das große Meeresaquarium und ein Buch von
„John Steinbeck" 'Die Straße der Ölsardinen', sind zu
erwähnen.
Apropos: Wenn du einem Literaturallergiker wie mir
überhaupt etwas glauben kannst, dann das: „Steinbeck
ist genial."
Die Fischfabriken, die Steinbeck beschreibt, waren
längst riesigen Shoppingcentern gewichen, und in einem davon war es, das Karussell. Es war einfach nur
faszinierend, noch nie im Leben hatte ich so ein großes und schönes Karussell gesehen.
Am Rand waren zwanzig Pferde in Doppelreihen pos-
tiert. In der Mitte waren zwei Motorräder, zwei
schnelle Rennwagen und eine riesige rot glänzende
Feuerwehr. Auf dem Feuerwehrauto stritten sich zwei
Kinder, wer die große Feuerglocke zuerst läuten
durfte.
Die Musik übertönte ihren Streit, und die aktuellen
Pop Songs die aus unsichtbaren Lautsprechern zu
kommen schienen, waren rein akustisch ein Ohren-
schmaus.
Das riesige Dach umspannte eine Lichterkette, deren
Lampen abwechselnd rot und blau aufblinkten. Die

Lampen der Autos und Motorräder leuchteten ebenfalls, im Boden des Karussells waren Strahler eingelassen, die alles auch noch von unten schön bunt beleuchteten. Es drehte sich sehr schnell, um nicht zu sagen zu schnell.

Die Pferde mussten sich nicht nur der enormen Geschwindigkeit, sondern auch der Fliehkraft anpassen. Erschwert wurde das Ganze noch durch die hydraulischen Zylinder, mit denen die Pferde auf und ab bewegt werden konnten.

Musste ich mir Sorgen machen? Als ich mir die Pferde genauer ansah, fielen mir die Siegerkränze ins Auge, jedes Pferd hatte einen um dem Hals, Tatsache. Jedes. Alle waren Sieger und somit an Geschwindigkeit, Stress, aber auch an Glück gewöhnt.

Meine Sorgen waren also völlig unbegründet, dennoch, ihre Gesichter zeigten so etwas wie Anspannung, ich kann mich aber auch täuschen.

Alles in allem aber war das Karussell in Monterey voll, ja wirklich voll von „blendender" Schönheit.......

........Das Karussell auf dem Rummelplatz in Hoi An, vor dem wir jetzt standen, war da zugegeben etwas anders. Es drehte sich nur langsam, wenn man überhaupt von drehen sprechen konnte, es eierte entspricht besser den Tatsachen. Angetrieben wurde es über lange Riemen, die unterhalb der Plattform zu einem alten Moped führten.

Mit dem Moped konnte man die Geschwindigkeit und die Stromstärke steuern. Auf der Plattform zählte ich außen ganze sechs Pferde und innen zwei Mopeds, die um den Mittelpfosten eierten. Mit einem breiten Lächeln lud uns der freundliche Schausteller zum Mitfahren ein.

Ein kurzer Blick in sein Gesicht, und ich wusste, was die Vietnamesen wirklich brauchten, es waren Zahnärzte.

Die Zahnlücke in seinen Schneidezähnen verriet es mir augenblicklich.

Mit Zahnärzten meine ich natürlich bezahlbare Zahnärzte.

Zahnärzte, die auch für den letzten Karussellbremser noch „bezahlbar" sind.

Wo sind sie denn, die Idealisten…

Wo?!

Ehrlich gesagt, das Karussell war kurz vor'm Zusammenbrechen, deshalb lehnten wir die Aufforderung zum Mitfahren ebenfalls mit einem Lächeln ab.

Die Pferde hingen an angerosteten Winkeleisen, die paarweise mit Schrauben am Hals und oberhalb der Hinterbeine verschraubt waren. Am Mittelpfosten baumelte lieblos ein alter zerbeulter Trichterlautsprecher aus Metall, durch den der Vater des freundlichen Schaustellers mit Sicherheit vor vierzig Jahren noch „Ami go" gerufen hat.

Jetzt jedoch dudelten vietnamesische Kinderlieder in falscher Geschwindigkeit durch den Lautsprecher, die sich anhörten, als sei es das letzte Requiem. Es waren nur die Pferde, die mich begeisterten, nichts anderes, sie waren genauso unvollständig wie schon erwähntes Gebiss, und trotzdem strahlten sie eine gewisse Zufriedenheit aus.

Ich war nicht etwa auf Droge oder litt an den doch manchmal recht merkwürdigen Nachwirkungen eines Alkoholrauschs (wie bei ABBA rückwärts), jetzt echt nicht. Ich traue mich gar nicht, es zu schreiben, ….na ja wie soll ich sagen,… die Pferde lächelten.

Nicht so einfach nachzuvollziehen dieses völlig unbegründete lächeln.

Dem einem Pferd fehlte ein Fuß, einem anderen das rechte Ohr, als nächstes kam ein Pferd, dessen Schwanz kurz unterhalb vom Ansatz abgebrochen war, schlimmer geht es doch gar nicht mehr, oder?

Doch, es geht, ich sah noch eins, dass nur halb lackiert war, Tatsache, die Lackierung ging bei dem armen Tier nur bis zum Bauch, der Rest war blankes Holz.

Es waren alle keine strahlend schöne Sieger, sie waren das Gegenteil und dennoch, glaub mir sie lächelten!

Noch eins wurde mir klar, die Vietnamesen würden sich nicht die Mühe machen, das Karussell noch zu reparieren, in absehbarer Zeit würde hier ein neues stehen.

Ein schöneres, ein schnelleres, kurzum ein „blendendes" Karussell, das keine Wünsche offenlässt, da war ich mir sicher.

Ein paar Meter weiter kamen wir zu einem großen Festzelt, hier hatte gerade die beleibte Diva aus dem Nachbarort ihr Bestes gegeben, und die Plastikstühle (halb Kinder, halb normal) leerten sich.

Schade eigentlich, wir hatten wohl zu lange am Karussell gestanden. An einer anderen Ecke des Platzes stand eine Schiffschaukel, besser gesagt vier in Reihe geschaltet, der Anschieber hatte verdammt viel zu tun.

Stellt euch vor, wenn acht schreiende Kinder verteilt auf 4 Schaukeln möglichst hoch hinauswollen, wie der arme Schiffschaukelanschieber arbeiten musste.

Neben vielem anderen gab es auch noch ein überdachtes Spielfeld von 4 x 6 Meter, auf dem Flaschen lagen. Die 1,5 l Flaschen aus US-amerikanischer Produktion (wieder nicht, was du denkst) waren in den hinteren Reihen paarweise angeordnet, vorne waren Einzelflaschen.

An der Linie angetreten standen Vater und Sohn, jetzt guckten wir genauer hin.

Der etwa zwölfjährige Junge fixierte mit seiner Salatschüssel ein Flaschenpaar in der hinteren Reihe an. Er kniff ein Auge zu, verdrehte die Zunge etwas und drückte sie mit den Zähnen leicht zusammen.

Keiner der Leute rund um das Spielfeld gab einen Laut von sich. Die Luft knisterte. Man konnte eine Stecknadel fallen hören.

Endlich warf er!

Die Schüssel flog und senkte sich über ein Flaschenpaar in der hintersten Reihe. „Ich habe es genau gesehen, die Flaschen waren komplett unter der Salatschüssel verschwunden."

Aber nur etwa eine zehntel Sekunde, die Schüssel sprang wieder auf, rollte zurück und legte sich schließlich über eine schwarze Einzelflasche in der ersten Reihe.

Der Junge riss die Arme hoch, hüpfte von einem Fuß auf den anderen und drehte sich dabei um die eigene Achse. Danach sprang er seinem Vater in die Arme, der vor Schreck seine Schüssel fallen ließ und ihn auffing. Erst als er ihn wieder auf den Boden stellte, sahen wir die Freudentränen in seinen Augen.

Karin und ich waren uns einig, noch nie hatten wir einen Zwölfjährigen so voller Freude gesehen. Das beweist doch, die USA können glücklich machen - auf ihre Art.

Allerdings rätselten wir zwei noch lange darüber, ob er sich wegen des schwarzen Gesöffs freute, oder weil er überhaupt etwas gewonnen hatte.

Vor dem Ausgang waren ein paar Verkaufsstände mit Leckereien aufgebaut, die natürlich auf keinem Festplatz fehlen dürfen. Natürlich kennst du das auch, Zuhause sind es Lakritzen oder Weingummis, die in allen möglichen und unmöglichen Formen und Farben angeboten werden. Von namhaften und weniger namhaften Herstellern liegen sie aus und warten auf Kundschaft.

In Vietnam ist der Hersteller die Natur, also 100% Bio!

Es war einfach nur faszinierend, was hier zu sehen war, Würmer, Schnecken, Käfer, Maden, Kakerlaken und Heuschrecken warteten hier auf Kundschaft. Das eigentlich Faszinierende war aber:

Es bewegte sich fast alles, also nicht nur 100% Bio, sondern auch unglaublich frisch.

Die Vietnamesen hielten uns die verpackten Tüten aufmuntert entgegen und konnten unsere Zurückhaltung nicht so ganz nachvollziehen.

Bei den Maden aber wurde ich schwach.

Eine Frau war gerade dabei, die fetten, in Mehl gewälzten Maden im Wok kurz anzubraten, sozusagen „Made im Schlafrock", ccht lecker.
Und glaubt mir, selbst „die" bewegten sich noch!
Ich streckte also meine Hand nach der Tüte aus, als Karin mich entsetzt anstarrte.
In ihrem Gesicht spiegelte sich Grauen und Verzweiflung, aber erst in ihren Augen erkannte ich den Ernst der Lage. Es war ein „Blick", den ich bis heute nicht vergessen habe.
Du wirst ihn vielleicht auch kennen, es ist dieser „wenn du das jetzt machst, war's das mit uns Blick."
Ich hatte nicht vor, den Rest der Reise in getrennten Betten zu verbringen, deshalb zog ich meine Hand etwas schneller zurück, als ich sie ausgestreckt hatte.
Sie hatte ja Recht, Schande über mich, wer weiß, wo sich die Maden und das andere Gewürm so rumgetrieben hatten, und spätestens seit „Agent Orange" ist in Vietnam eben nicht alles Bio.
Da waren sie schon wieder, meine dummen Scherze, die selbst für Karin, die mich schon ein paar Tage kennt, nicht so einfach zu verstehen sind, was soll's?!

Anderen Tages beim Frühstück saßen wir mit noch drei anderen Paaren im Raum, als uns ein Deutscher Mitte sechzig ansprach.
„Stellt euch mal vor, was uns passiert ist: Unser Fahrer hat uns gestern hier abgesetzt angenehme drei Tage gewünscht und ist danach zum Tet-Fest feiern zu seiner Familie gefahren ist das nicht eine Unver-

schämtheit wir sprechen kein Wort Englisch und müssen jetzt die ganze Zeit im Hotel verbringen unglaublich frech ist das wir werden uns beim Veranstalter beschweren was macht ihr denn heute so"

Auch das lass ich mal so stehen.

Erstaunliche Leistung, er brachte es fertig, ohne Mimik oder Gestik, ja ohne ein einziges „Satzzeichen" und ohne ein einziges Mal Luft zu holen unsere Synapsen Alarm klingeln zu lassen.

Obwohl „Schwester" Karin auf dem Gebiet nicht gerade unbedarft ist, hatten wir nicht vor, mit einer Rundumbetreuung anzufangen, deshalb logen wir: „Wir haben ein wichtiges Treffen in der Stadt."

Jetzt erst sah ich einen Anflug von Trauer in seinem Gesicht.

Ehrlich gesagt, wir fuhren in die Stadt, gammelten so rum, nahmen an einer Veranstaltung teil, bei der vietnamesische Trachtentänze lieblos und talentfrei runter gespult wurden und gingen noch in ein Reisebüro, das war's auch schon für heute,… aus die Maus.

Am anderen Morgen stand - wegen Tet völlig unerwartet pünktlich - ein Auto mit gut gelauntem Fahrer vor unserem Hotel. Er hielt uns die Türen auf, begrüßte uns, und nach ca. 45 Min. waren wir schon an unserem Ziel.

Auf dem sehr großen Parkplatz stand nur ein Reisebus, sonst nichts.

Nachdem wir den Eintritt bezahlt hatten, sagte uns der Fahrer voller Stolz, er habe eine Sondergenehmigung und könne uns noch ein ganzes Stück fahren, wir nahmen seine Einladung dankend an.

Die drei Km, auf denen ich mir weniger Sorgen um seine Stoßdämpfer als um unsere Wirbelsäulen machte, vergingen wie im Galopp. Nach dem anschließenden Fußmarsch von etwa 20 Min. standen wir endlich im sagenumwobenen Highlight der Region.

„My Son."

Das Weltkulturerbe My Son zeigte sich uns in einem bedauernswerten Zustand, 80% der Tempelstadt war ganz oder teilweise zerstört.

In großem Umfang dazu beigetragen hatte die US-Armee.

In My Son wurde ein „Waffendepot" vermutet, deshalb wurde My Son 1969 von den verantwortlichen Offizieren der US-Armee zur Bombardierung freigegeben.

Glaub mir, My Son war genauso wenig ein Waffendepot, wie die heilige Jungfrau eine Puffmutter, jedem, der mal hier war, wird das sofort klar.

Auf dem Landweg war die Anlage nur über diese eine schmale, schon kurz erwähnte Straße zu erreichen.

Das letzte Stück ging beschwerlich mit Fuß über Treppen, Stock und Stein.

Die hinduistisch angehauchte Tempelstadt wurde - einem riesigen Balkon ähnlich - auf einem Bergplateau gebaut, deren Seiten steil nach unten in den Dschungel abfielen.

Die gestochen scharfen Fotos der vielen Aufklärungs-
flüge und die in dieser Region zahlreich eingeschleus-
ten Informanten haben die Unzugänglichkeit der Stadt
mit Sicherheit bestätigt.

Ich unterstelle in diesem Zusammenhang mal Angst,
Hass, Aktionismus und blinde Zerstörungswut.

„Kulturrevolution auf US-amerikanisch."

Als wir uns in der „free fire zone" weiterbewegten,
kamen wir zu „einem" von zwei Haupthäusern in der
Mitte der Stadt, dieses Haus hatte 1000 Jahre und den
Bombenangriff tatsächlich fast schadlos überstanden.

Von einem Freund wurde ich spaßigerweise mal als
poetischer Realist bezeichnet, was soll ich sagen, so
ganz unrecht hatte er wohl nicht?!

Deshalb jetzt Schluss mit den „nackten" und „kalten"
Tatsachen.

Die Steinhaufen um uns herum wirkten auf mich eigenartigerweise ganz plötzlich gar nicht mehr kalt, im
Gegenteil, von den Steinen ging eine unbeschreiblich
angenehme Wärme aus. Je näher ich ihnen kam, umso
mehr verstärkte sich diese wohltuende, unglaubliche
Wärme, die jetzt, wenn auch nur langsam, Besitz von
meinem Inneren nahm.

Von nackt kann man auch nicht sprechen, angezogen
von dieser sonderbaren Wärme standen wir nun unter
einem Torbogen, natürlich aus Stein. Dieser war kei-
neswegs nackt, sondern oben bewachsen mit Moos
und Gräsern. Punktgenau in der Mitte, genau über unseren Köpfen dann die Krönung: Eine Blume von un-
ermesslicher Schönheit streckte mit ihrem Stiel eine

große azurblaue Blüte in den stahlblauen vietnamesischen Himmel.

Beide Sockel des Bogens waren eng umschlungen von dicken, ineinander gedrehten Wurzeln. Die Säulen umrankte Efeu, das von verschiedenen Schlingpflanzen auf ihrem Weg zur azurblauen Blüte fest zusammengedrückt wurde.

Es gab hier viele Bögen, Mauern und Säulen, alle bewachsen und voller wohltuender Wärme.

My Son hatte etwas mystisch verwunschen Märchenhaftes, vielleicht sollte man die Stadt als Mahnmal sehen und Dornröschen, wenn es sie denn gab, oder noch gibt, ruhig noch mal 1000 Jahre schlafen lassen?

Als wir zum letzten Haus in der Anlage gingen, erregte etwas meine Aufmerksamkeit, das ich hier nicht vermutet hätte.

„Ein Phallus!"

Er stach mir nicht nur wegen seiner Größe in die Augen, sondern eher wegen seiner Farbe. Pechschwarz stand er auf einem Sockel und streckte sich ca. 1,5 Meter dem Himmel entgegen.

Das blankgeputzte Symbol der Fruchtbarkeit aus schwarzem Granit sah nicht aus, als würde es schon 1000 Jahre hier stehen.

Einer Spargelstange gleich, die gerade voller Potenz die Erdkruste durstoßen hatte und sich vom Wind die noch verbliebenen Reste der Erde wegblasen ließ, strahlte er uns von seinem Sockel aus kraftvoll und herausfordernd an.

Hatten sie ihn erst gestern hier aufgestellt, stand er schon länger, und wenn ja, warum diese Farbe? Fragen, Fragen, Fragen?!
Eine Schulklasse ist noch erwähnenswert, die sich und die umliegenden Gebäude ausgiebig mit Steinen bewarfen.
Sollte der Kuss des Prinzen einem Steinwurf weichen? Dornröschen würde sich trotzdem freuen, nach kurzem Reiben über die Beule an ihrem Kopf endlich aufgewacht zu sein,....oder?

Eine Stunde später sah ich über den Rand meines großen Bierglases zu einer Mopedfähre, die gerade beladen wurde. Unser gut gelaunter Fahrer hatte uns auf dem Weg von My Son zurück nach Hoi An am kleinen Hafen abgesetzt. Wir saßen noch nicht lange auf der Terrasse des Backpackerlokals, als ich das zweite Mal über den Rand schaute, und siehe da, die Fähre war voll.
Wer das nicht mit eigenen Augen gesehen hat, glaubt es nicht. Innerhalb von nur 15 Min. hatten sie 40 Mopeds und die dazugehörige Besatzung - meist Frauen und Kinder - auf eine Fähre verfrachtet, die eigentlich ein umgebauter Fischkutter war. Eine Brücke in der Nähe wurde gerade umgebaut, und somit waren Improvisationstalent und Effektivität gefragt.
Eine andere Art von Effektivität mussten wir auf der Fahrt zum Hotel genießen, als wir geschlagene 15 Min. hinter einem Müllauto her tuckerten.

Es war eigentlich alles genauso wie in Deutschland, nur dass es keine Männer waren, die unter den Signalwesten steckten, sondern Frauen. Selbst am Steuer des großen LKW „made in Germany" saß eine Frau.

Endlich am Hotel angekommen, machten wir noch einen Spaziergang am immer noch menschenleeren Strand und gingen später zum versprochenen Kerzendinner zurück ins Hotel.

Nachdem wir uns umgezogen hatten, saßen wir an einem Tisch im Restaurant des Hotels, hatten jeder ein drei Gänge Menü bestellt und sahen der einen Kerze beim Flackern zu.

Wir waren die einzigen Gäste und das war nach einem kurzen Blick auf die Speisekarte für mich gut nachvollziehbar.

Das Hotel hatte etwa siebzig Zimmer, aber nur zehn davon waren belegt. Um ihre Felle nicht völlig wegschwimmen zu sehen, hatte die Hotelleitung reagiert und am Morgen ein großes Klappschild aufgestellt.

Sinngemäß, man müsse in Vietnam mit dem Essen außerhalb des Hotels sehr vorsichtig sein, die hygienischen Verhältnisse in Vietnam seien sehr bedenklich, deshalb sollten die Gäste doch lieber im eigenen Hotel essen.

Wahrscheinlich brauche ich dir nicht zu erklären, dass die Suppe oder das Spießchen auf der Straße unbedenklicher sind als der Salat im 4-Sterne-Hotel.

Ängste schüren zum Nachteil der eigenen Landsleute, um dann die Gäste abzuziehen, geht denn sowas?

Ich mach's kurz, unser Essen schmeckte gut, aber eben „nur gut", der Preis aber lag weit oberhalb der Schmerzgrenze und „Mrs. Thing" wurde mir sympathischer, als sie es sowieso schon war.

10. Ho-Chi-Minh-City (Saigon) I
Der Stoff, aus dem die Träume sind

Airport?!
War das einzige Wort, das wir von unserem völlig verkaterten Fahrer hörten.
Wir wussten nicht einmal, ob es sich dabei um eine Aufforderung oder um eine Frage handelte.
Nachdem er uns am Flughafen von Da Nang abgesetzt hatte, fuhr er ohne ein weiteres Wort und nachvollziehbarerweise auch ohne Trinkgeld zurück.
Das ohnehin zu kleine Flughafengebäude brach jetzt kurz nach dem Tet-Fest aus allen Nähten.
Drei Schlangen gingen noch dreißig Meter auf den Vorplatz des Gebäudes hinaus, wo also sollten wir uns anstellen?
Du kennt das vom Supermarkt an der Kasse, der Frau rutscht der Joghurt aus der Hand, die neue Kassiererin wird gerade angelernt, oder dem älteren Herrn mit dem verrutschten Toupet ist nach endlosem Suchen in seiner Geldbörse das Kleingeld ausgegangen.
Wo wir uns auch anstellen würden, es wäre falsch.
Da ich in dieser Hinsicht nicht gerade mit Glück gesegnet bin und die Verantwortung in existenziellen Fragen gerecht verteilen möchte, ließ ich Karin entscheiden.
Wir nahmen die goldene Mitte.
Glaub mir, an diesem Morgen habe ich mit nichts Positiven mehr gerechnet, trotzdem aber saßen wir drei

Stunden später in unserem Flieger, um nach einer Flugzeit von nur einer Stunde in Saigon zu landen.

Bevor wir in die Stadt fuhren, fiel mir ein großes Schild auf, auf dem mit riesigen Buchstaben…
„WELCOME TO HO CHI MINH CITY "
zu lesen war.
Die Stadt machte im ersten Moment einen eher schlafenden Eindruck auf mich, vergleichbar vielleicht mit der Düsseldorfer Altstadt sonntagmorgens 7:45 Uhr. 'The Day after'.
Mit jedem Meter, den wir der Innenstadt näherkamen, verblasste der Vergleich zunehmend.
Ich versuch mal ne' Skizze:
Die meisten Reiseführer lügen nicht, wenn sie bei der Innenstadt von Saigon von Klein-Paris schreiben. Es ist Tatsache, sogar der gar nicht mal so kleine Nachbau von Notre Dame war zu sehen. Irgendwie europäisch, nur waren wir nicht tausende Km geflogen, um uns an der aufgezwungenen Architektur ehemaliger Kolonialherren zu erfreuen.
Hier gab es noch viele gepflegte Parkanlagen, Kaufhäuser, vor deren Türen viele Bettler standen (betteln ist in Vietnam verboten), die Diamant Plazza, Nobelhotels, Regierungsgebäude und nicht zu vergessen das Postamt, das allemal - zumindest von innen - einen Blick wert war.
Unser Hotel war am Rand der „schönen sterilen Innenstadt" und damit genau zwischen Gut und Böse, und nur mal rein geographisch gesehen, zwischen oben und unten.

Nachdem wir uns - wie sagt man so schön - frisch gemacht hatten, standen wir wenig später am Ausgang. Was jetzt kam, war so unerwartet wie abgedreht.

Während dich die Hotelangestellten in „Hanoi" am Straßenrand beim Versuch, die Straße zu überqueren, weitgehend unbeachtet lassen, dir, wenn du Glück hast, noch ein Glas Wasser reichen, um dich vor'm vorzeitigem Verdursten zu bewahren, lief es in Saigon dem anderen Extrem entgegen.

Hier in Saigon hielten uns die Hotelpagen die Türe auf, sprangen mit ihren signalfarbenen Leuchtstäben übereifrigen Schülerlotsen gleich auf die Straße und brachten den Verkehr auf dieser sechsspurigen Straße, begleitet von quietschenden Bremsen und zornigem Hupen, zum völligen Stillstand.

Das nenne ich mal Gastfreundschaft.

Auf eine spätere Nachfrage sagte man uns, dass es auch tagsüber gewisse, wenn auch eng begrenzte Zeitfenster gebe, in denen man die andere Straßenseite verletzungsfrei erreichen könne.

In Saigon haben sie also etwas früher gemerkt als in Hanoi, dass es durchaus von Vorteil sein kann, nicht nur Touristen gewisse Wege zu ebnen.

Zur sichtlichen Enttäuschung der Schülerlotsen - sowie aber auch einer nicht einschätzbaren Menge an Mopedfahrern - machten wir aber keinen Gebrauch von der „Gasse", sondern gingen auf unserer Straßenseite in das Bistro an der Ecke.

„Guten Tag."

Noch bevor wir irgendwas bestellen konnten, sprach uns ein junger Kellner in gebrochenem Deutsch an.
„Bayeln Munche wild Deutschel Meistel!"
Glaub mir, jetzt gingen endlose Diskussionen los.
Ich versuchte ihm noch zu erklären, dass das in dieser Saison fast völlig aussichtslos sei.
„Doch, doch, Bayeln Munche wild Deut......."
Zieh dir das mal rein, tausende Km fern der Heimat, weist dich der vielleicht ehemalige Zigarettenhändler deines Vertrauens auf den zukünftigen deutschen Meister hin.
Geht gar nicht, oder?
Sehr viel später - wir hatten schon nicht mehr damit gerechnet - brachte er uns doch tatsächlich noch was zu trinken.
Auf dem Weg zu einem Restaurant in der Nähe des Postamtes ging mir der Kellner nicht mehr aus dem Kopf. Woher sollte er wissen, was ich wusste?

Laut „Wikipedia" waren in Vietnam alle Medien stark zensiert. Westliche Zeitungen würde man mit viel Glück - drei Wochen alt - nur an großen Flughäfen bekommen. TV- Satelliten wurden überwacht und entsprechende Sender ausgeschaltet. Im Internet sperrte man Server oder auch nur Seiten, die den Weg über die hohe Mauer der Zensur nicht nehmen konnten.
Der Fußballfan konnte also nicht wissen, dass die Bayern im Mittelfeld der Tabelle rumkrebsten. Auch nicht, dass sie unter großem Verletzungspech litten

und schon gar nichts von den Anfeindungen der Spieler untereinander und mit ihrem Trainer.

Meiner Meinung nach konnten sie nur noch mit Glück, „mit sehr viel Glück" einen Champions-League-Platz ergattern.

Von dem Essen in diesem Restaurant kann ich euch nichts berichten, die Mücken an meinen Beinen leisteten tierische Arbeit. Selbst der hilfsbereite Kellner mit dem Plastikgewehr gab nach fünf Min. auf und stellte ein qualmendes Etwas unter unseren Tisch.

Danach hatte ich das Gefühl, die Stiche pro Min. wenigstens zählen zu können.

Kurze Zeit später im Postamt ging's los, die Stiche fingen an zu jucken und ich wurde rot vor Wut. Ich wollte auch keine geistreichen Sprüche von Karin mehr hören nach dem Motto, eine große Stadt muss man zu Fuß erkunden usw.

Auch wollte ich nicht an den mittlerweile nervigen Sascha W. erinnert werden, der auf der zweiten Seite seiner Zeitung von seiner „Göttin", dem einzigen Todesopfer eines Diskothekenunfalls, las.

Tierisch genervt wollte ich nur noch ins Hotelzimmer und das so schnell wie möglich.

Dort angekommen drehte ich die Klimaanlage auf 16°C und stellte mich unter die eiskalte Dusche.

Karin war runtergefahren zum PC-Raum und ich lag mit nassen Haaren auf dem Bett und schaltete den Fernseher an.

Auf Kanal 23 von 69 blieb ich hängen, begab mich in aufrechte Position, hielt mir die Nase zu und kniff mir so fest es ging ins rechte Ohrläppchen. Sofort merkte ich, dass ich nicht eingeschlafen oder gar tot war, im Gegenteil, das, was da in meine Augen strahlte, hatte einen unglaublichen „Hallo Wach Effekt!"

Unglaublich war auch, was sah: Uli Hoeneß tigerte mit verbissenem Gesicht, aber durchaus werbewirksam, an der Bande eines Fußballstadions auf und ab.

Die Kamera schwenkte um, und jetzt konnte man weitere 22 Millionäre in Aktion sehen. Offensichtlich die vietnamesische Antwort auf die gute alte deutsche Sportschau, nur zeitversetzt um einen Tag.

Die Halbzeiten der Spiele wurden geschlagene fünfzehn Min. gezeigt, zwischen den Halbzeiten nicht etwa Werbung, nein, Interviews mit den Verantwortlichen der Vereine, alles auf Vietnamesisch und in HD.

„Komm, lass uns noch was essen gehen und einen Kaffee trinken."

Karin war gekommen und machte gerade die beste Ansage des Tages.

Bis auf den Kaffee war ich auch ganz ihrer Meinung, ich ließ mich also nicht lange bitten und so gingen wir beide gut gelaunt zu einer Kneipe außerhalb der Innenstadt.

Hier war Freud und leid, Spaß und Aktion, Melancholie und Lebensfreude, hier war „Saigon."

Auf dem Weg konnten wir die sehr familienfreundlichen Vietnamesen beim gemeinsamen Fernsehabend beobachten.

Es waren nicht die Mopeds, die als Beistelltisch umfunktioniert in den meisten Wohnzimmern (im Erdgeschoss) zu sehen waren.

Was mich etwas aus dem Gleichgewicht brachte, war wieder einmal das, was in den Fernsehern lief.

„Amerikanische Fernsehserien!"

Tatsache: Dallas, Rockford, Miami Vice und Co. liefen hier rauf und runter.

Die Vietnamesen schienen mir regelrecht ausgehungert nach alten amerikanischen Fernsehserien zu sein.

Sie brauchten nicht mehr zu träumen, die Träume kamen via Satelliten in die Köpfe der Menschen.

Die meinungsbildenden Maßnahmen der US-Unterhaltungsindustrie sind natürlich bekannt, aber in Vietnam!??

Als wir in einer Kneipe saßen, fuhren meine Gedanken Karussell.

„So helft mir doch!".... So helft mir doch!"

Hatte der eine bei 'Miami Vice' nicht immer so ein schweinchenrosa Jackett an, und sein dunkelhäutiger Freund, war der nicht Mexikaner, oder kam der aus Kuba?

Ein altes Moped mit zwei Straßenkehrern fuhr laut knatternd auf uns zu.

In der Blechbüchse zwischen seinen Vorderrädern schlief ein Rikschafahrer.

An eine Säule gelehnt, hörte eine junge Frau mit Kopfhörern Musik und beobachtete ihre Tochter beim Spielen mit einem Ball.

Genau in dieser Sekunde erhörten sie mich, 'die Geister, die ich rief'.

Unmissverständlich wusste ich wieder, wie es war, vor allem aber, um was es ging bei 'Miami Vice'.

Es ging um große Gefühle und um ein weißes Pulver, von Farbe und Konsistenz ähnlich dem braunweisen Pulver, das gerade von Karin's kleinem Löffel in ihre Kaffeetasse rieselte.

Eben um den Stoff, aus dem die Träume sind.

„Sei gewarnt", das nun Geschriebene pikst erst hier und da nur so ein bisschen, geht dann aber etwas mehr unter die Haut als erwartet..........

..........*Das Gefühl, das er jetzt hatte, war unbeschreiblich.*

Es fing damit an, dass sich in seinem Körper eine Wärme ausbreitete, die er kaum in Worte fassen konnte.

Die Wärme, die sich nicht von innen nach außen ausbreitete, sondern von außen nach innen, war nicht normal. In Sekundenschnelle machte sich die Wärme, die er nicht beschreiben konnte, vom großen Zeh und dem kleinen Finger zu seinem Herz breit.

Es war für ihn so, als wäre er eben noch völlig durchgefroren und verzweifelt durch einen arktischen Schneesturm geirrt, um dann Sekunden später, mit einem Glas Grog in der Hand, ein Fußbad am offenen Kamin zu nehmen.

Was sich gleichzeitig in seinem Kopf abspielte war so unbeschreiblich, dass es keiner, auch nicht er selbst, angemessen ausdrücken konnte. Es war genial, es war als würde ihm eine große Last von seinen Schultern genommen, so, als ob alle Sünden von ihm abfallen und nie wieder zu ihm zurückkommen würden.

Eine unbeschreibliche, alles umfassende, nie auch nur ansatzweise gekannte Zufriedenheit machte sich in ihm breit. Für ihn war es, als ob nach einem harten, endlos scheinenden Winter ein nie gekannter Frühling von ihm Besitz nehmen würde.

Er löste den dünnen Gummischlauch an seinem Oberarm, zog noch ein bisschen Blut in die Spritze und drückte es zurück in die Vene.

Als er sein Besteck in die linke Tasche seines Jacketts steckte, war für ihn die Welt in Ordnung. Er ging aus dem Hinterzimmer am Tresen entlang, sah Bo in die Augen und ging in Richtung Ausgang. "Fahr vorsichtig" rief ihm Bo zu, als er gerade zur Tür ging. Er blieb abrupt stehen, wollte dieser alte Scheißkerl ihn etwa verarschen?

Er brauchte nur mit den Fingern zu schnipsen, und Bo würde den Rest seines Lebens im Knast verbringen. Mord verjährt nicht.

Es gab eindeutige Beweise, die er bei zwei Rechtsanwälten in der Stadt hinterlegt hatte, und diese waren der Beginn einer langen Freundschaft.

So wie Bo erging es auch noch anderen, denn er hatte viele "Freunde" und das hoch bis in die "besten Kreise."

Die Frau, die ganz hinten am Tresen saß, gehörte zwar nicht gerade zu den besten Kreisen, doch auch gegen sie hatte er was in der Hand. Bo sollte keine dummen Sprüche machen, er sollte nur wie immer jeden zweiten Tag den Stoff auf den Tresen legen und die Schnauze halten. "Was macht die Nutte hier?" fragte er Bo und deutete mit dem Kopf auf das Ende des Tresens. „Habe ich dir nicht hundertmal gesagt, dass ich die Nutte nicht mehr sehen will?"

Sonny ging auf die Frau zu, die am Ende des Tresens vor einem Whisky saß und sich noch zu verstecken versuchte, es war zu spät.

„Du bringst mir deine 'Kleine' morgen um 9 Uhr vorbei." Cindy stockte der Atem. „Sonny, ich flehe dich an, das kannst du doch nicht machen, sie ist doch erst 14 und du weißt doch genau, was mit ihr los ist!"

Sie hatte es kaum ausgesprochen, wusste aber sofort, dass es sinnlos war, ihm zu widersprechen. Ein Wink von ihm in Richtung Polizei, und sie würde ihre Tochter nicht mehr wiedersehen. Nicht, dass sie die großen Verbrechen begangen hätte, nein es waren nur Lappalien, wie z.B. Beischlafdiebstahl und andere Kleinigkeiten, aber es würde reichen.

Cindy war jetzt 30 Jahre, sah aber aus wie Mitte 40. Heroin, Alkohol und das schnell aber intensiv wirkende billige „Crack" hatten dazu beigetragen.

Ihr Kind, das während ihrer Schwangerschaft davon nicht ganz unbeeinflusst blieb, war rein körperlich auf dem Stand einer Vierzehnjährigen, geistig jedoch auf dem Stand einer Zehnjährigen stehen geblieben.

„Morgen 9 Uhr, ich werde mit ihr einen kleinen Ausflug machen, du kannst sie am anderen Tag gegen 10 Uhr wieder abholen, und glaub mir, wir werden viel Spaß haben," sagte er mit einem verabscheuungswürdigen Lächeln.

Er verließ die Bar und ging zu seinem etwas in die Jahre gekommenen Ferrari.

Als er durch das Art deco-Viertel den Ocean Drive runter fuhr, kam ihm der Gestank von vergammeltem Fleisch in die Nase. Na ja, macht nichts dachte er, für seinen zahnlosen Hund war es noch gut genug. Auf seinem Hausboot angekommen, warf er seinem alten Hund das Hackfleisch hin und ging sofort in sein Wohnzimmer.

Im Zimmer war nur ein Tisch, über dem Tisch an der Wand baumelte lieblos, an einem Nagel ein alter Fotoapparat aus den Sechzigern, deutscher Herstellung, ein Stuhl und eine noch fast neue Klappliege, sonst nichts, absolut nichts, kein Teppich, kein Bild an der Wand, nichts.

Die Liege hatte sein Freund gestern angeschleppt, ein Exil-Kubaner mit kolumbianischem Akzent namens Rick.

„Nur für den Notfall", sagte Rick noch und konnte nicht wissen, dass dieser Notfall bald eintreten würde.

Pünktlich um 9 Uhr war Cindy mit ihrem Kind am Boot. "Wie heißt denn der Hund, darf ich ihn streicheln?" "Na klar" sagte Sonny, geh schnell zu ihm. Cindy sah Sonny in die Augen und sagte „Ich warne dich noch mal, lass die Finger von ihr, sonst passiert was."

„Verpiss dich", war seine Antwort, und er forderte sie mit eindeutiger Geste zum Gehen auf.

Eine Stunde später warf Sonny an der Mautstation ein paar Münzen in den Behälter und drückte das Gaspedal bis zum Anschlag zum Bodenblech.

Sie würden bald in Orlando sein, und Sonny freute sich schon auf den Tag, aber erst recht auf die Nacht. Am späten Abend saß Sonny am Tisch und rollte gerade einen 100-Dollarschein exakt zu einem kleinen Röllchen.

„Sonny, wann kommst du endlich ins Schlafzimmer und liest mir die Geschichte vor?"

„In genau 25 Minuten, Schatz" antwortete er. Er war eben sehr genau, das bestätigten auch die beiden weißen Linien, die jetzt vor ihm auf dem kleinen Handspiegel lagen. Man hätte sie messen oder auswiegen können, sie waren exakt bis aufs Milligramm genau.

Die Kleine ging ihm jetzt schon auf den Geist, aber sie würde noch bekommen, was sie brauchte.

Es war jetzt fünf Minuten vor 22 Uhr, gleich würde Rick kommen, um etwas abzugeben.

Rick konnte alles besorgen: Frauen, Stoff, Autos, Medikamente, heute auch ein Medikament, was noch nicht auf dem Markt war, Vieaga oder so ähnlich. Er hatte wahre Wunder darüber gehört und rieb sich im Kopf schon die Hände.

Nicht, dass er es nötig gehabt hätte, er war ja erst sechzig, aber sicher ist sicher.

Am anderen Morgen stand Sonny mit schmerzverzerrtem Gesicht vor der Reling seines Hausbootes und spürte sein Kreuz nicht mehr. Es waren die heftigsten Schmerzen, die man sich vorstellen konnte. Wenn er jetzt diesen Scheißkerl von Rick in die Hände kriegen würde, hätte dieser nicht mehr lange zu leben.

Cindy war schon gekommen, hatte kurz mit ihrer Tochter gesprochen und war mit ihr ein paar Schritte

Richtung Straße gegangen. Da drehte sich die Kleine noch mal um, „es war schön in dem Disney Park mit dir, 'Onkel Sonny', und bei 'Bonanza' habe ich richtig viel gelacht, die kleinen Puppen im Wasser sind lustig. "

War die Kleine völlig durch geknallt?

In Disney World gab es kein 'Bonanza' und auch keine Puppen im Wasser.

Die Kleine war noch kränker als er eigentlich dachte.

Vor Wut und Schmerzen hätte Sonny in die Reling beißen können, zwang sich aber noch ein Lächeln ab, winkte den beiden zu, hob die Zeitung auf, die vor dem Hund lag, eine Washington Post und verschwand im Wohnzimmer.

Er las, konnte sich aber nicht richtig konzentrieren, weil er immer an diesen Scheißkerl von Rick denken musste.

Da hatte ihm doch dieser Wichser Placebos gegeben und dafür auch noch viel Geld genommen. Damit aber nicht genug, Rick war es auch, der diese Liege aus einem schwedischen Markt angeschleppt hatte, auf der er sich gerade wegen der Placebos die Gesundheit ruiniert hat.

Noch wusste Sonny nicht, dass er es ausgerechnet Rick zu verdanken hatte, dass er überhaupt noch am Leben war.

Und da war natürlich auch noch die Kleine, er hatte sie gestern im Disney Park ca. zwei Stunden alleine gelassen, sollten die Disney Typen tatsächlich eine neue Attraktion gestartet haben?

Er verwarf den Gedanken, bevor er ihn zu Ende gedacht hatte.

'Bonanza' bei Disney - und auch noch mit Puppen - alberner Quatsch, die Kleine war noch zurückgebliebener, als er dachte.

Auf Seite 3 (Politik) sah Sonny eine Meldung, die ihn schockierte. Der Aufbau war völlig untypisch für eine Meldung dieser Art, die Schriftart war anders als die der ganzen Zeitung. Das Bild, auf dem drei Männer in Uniform zu sehen waren und noch einiges mehr, war in der Mitte der Seite an den linken Rand gedrückt, rechts daneben in einem schmalen Kästchen konnte man vier Sätze lesen.

Scheiße! Scheiße! Scheiße!

Wieder war eine seiner Quellen versiegt, auch wenn er diese nur im Ernstfall anzapfte.

Sonny warf die Zeitung auf die Liege und holte seinen Autoschlüssel. Es war heute nicht sein Tag, er würde zu Bo fahren, um seine Laune aufzubessern. Danach zu Pascal, der gestern eine neue Kollektion Sonnenbrillen von Porsche reinbekommen hatte, und das mit seinem rosa Jackett von Dior ging auch nicht mehr lange gut, die linke Tasche war total ausgebeult.

Zu dieser Zeit saß Cindy mit ihrer Kleinen im Bus...

„Mama, wusstest du, dass Onkel Sonny schon mal in Vietnam war?"

„Du redest Quatsch, und was soll das mit 'Onkel Sonny'? Sonny ist nicht dein Onkel!"

Als sie in ihrem Ein-Zimmer-Apartment ankamen, setzte sich die Kleine sofort vor den Fernseher.

Cindy ging ins Bad, löste an der Duschwanne die Fliese und legte die 45-ziger Magnum in den Hohlraum.

„Mama, kommst du? Deine Lieblingssendung hat schon angefangen."

Sie setzte sich noch eine Weile zu ihrer Tochter, dann fingen die Schmerzen an. Sie wusste sofort, was auf sie zukommen würde (und ihre Tochter auch), sie kannte den bösen Mann, der ihr eine Hand durch den Bauchnabel stieß und sich ihren Magen griff, mit der anderen drückte er ihren Hals zu und zwar so fest, dass sie kaum noch Luft kriegte.

„Mama, geht es dir schlecht?"

„Nein, ich bin nur müde" sagte sie. „Liebling, du wirst auch gleich abgeholt, zieh schon mal deine Jacke an."

Als es an der Tür klingelte, saß die Kleine mit Jacke bei ihrer Mutter auf dem Sofa.

„Onkel Sonny ist ein lieber Mann, oder?"

„Ja, Sonny ist ein lieber Mann."

Sie war den Tränen nahe und wollte ihrer Tochter nie mehr widersprechen.

„Wann darf ich wieder zu Onkel Sonny?"

„Bald, Liebling, bald, vielleicht schon sehr bald."

„Bis heute Abend, Mama und schlaf schön."

Das war der letzte Satz, den Cindy von ihrer Tochter hörte.

Sie hatte sich nicht die Mühe gemacht, die Fliese zurück in die Halterung zu schieben, warum auch?

Ihr Zittern hatte sich noch verstärkt, ihr Herz raste, und die Krämpfe waren unerträglich.

Sie war schon oft in dieser Situation, und immer dachte sie nur an das eine, das weiße Pulver, das ihr so schöne Stunden und Träume bereitet hatte.
Heute nicht.
Sie drehte den Fernseher auf volle Lautstärke, ging zurück zum Sofa, nahm die Magnum in die Hand und setzte sich die Mündung unter das Kinn. Das Zittern ließ augenblicklich nach.
Nein, sie wollte nichts mehr, keine Schmerzen, keine Sonny's, keine Bo's, keine Freier, die ihr ins Bett kotzten, während ihre Tochter drei Meter weiter mit einer Schlaftablette schlief, nichts bis auf ihren kleinen Sonnenschein.
Eine Träne musste für sie reichen.
P......
Sie hatte den Knall nicht mehr gehört, und die Träne hatte es nicht mal mehr bis zum Kinn geschafft...............

...............„Peng"!!!
Die Fehlzündung des Straßenkehrer-Mopeds, das jetzt direkt neben uns vorbeifuhr, riss mich nicht nur aus meinen Gedanken, sondern ließ auch noch das halbe Glas Bier auf meinem T-Shirt landen.
Karin rührte - Gott sei Dank - gerade ihren Kaffee um. Das Mädchen mit dem Ball schaute erschrocken in unsere Richtung und ließ den Ball den Rinnstein runter zu ihrer Mutter rollen. Die Mutter, immer noch an die Säule gelehnt, nahm die lauten Kopfhörer runter und verstand nicht gleich, was los war.

Der Rikschafahrer schielte noch reichlich verschlafen über den Rand seiner Blechbüchse, und die beiden Straßenkehrer fuhren lachend und winkend an uns vorbei.

Als der laute Pfeifton in meinem rechten Ohr etwas abgeklungen war, machten wir uns auf zu einer Massage.

In einem Gebäude ein Stück die Straße runter war im ersten Stock eine Massagepraxis und im Erdgeschoß ein Reisebüro - das passte. Wir gönnten uns eine traditionelle Thaimassage und waren beeindruckt, jeder Handgriff saß da, wo er hingehörte, jede auch noch so kleine Kleinigkeit wurde genauso ausgeführt wie in einer Massageschule in Bangkok.

Sie brauchten uns also nicht zu erklären, wo sie das gelernt hatten, taten es aber voller Stolz trotzdem.

Beeindruckt waren wir aber auch von den Preisen, diese waren 4-mal so hoch wie in Thailand.

Alles, was in Vietnam auch nur den Hauch von Luxus hat, lassen sie sich gut bezahlen.

Eine Etage tiefer buchten wir für den folgenden Tag einen Ausflug, bezahlten 8 $ pro Person und ließen uns die Quittung mit der Abholzeit geben.

Zum nächtlichen Saigon sei noch gesagt, dass deine Bedürfnisse, Wünsche und Träume in dieser Stadt auf, die eine oder andere Weise durchaus befriedigt werden können.

Na ja, wie soll ich sagen, es gibt Klubs, in denen selbst der Schlangentanz im 'Titty Twister' zum Ringelpiez mit Anfassen im Seniorenheim verblasst.

Ja, du hast richtig gelesen, „Schlangentanz", nicht „Stangentanz".

Aber auch Diskotheken, Karaoke-Bars oder das beschauliche Restaurant am Saigon River warten auf kapitalpotente Gäste.

Anders ausgedrückt:

Du kanst hier richtig „die Kuh fliegen lassen", dem Rausch der Erlebnisse sind auch in Saigon keine Grenzen gesetzt.

11. Saigon II
Die Tunnel, das Museum und Rauchen kann tödlich sein

Dreißig Minuten saßen wir schon auf dem gemütlichen weißen Ledersofa in der Lobby und schauten durch die große Scheibe dem Verkehr zu.

Zu dieser Scheibe ist zu sagen, es war keine normale Scheibe, man konnte durch sie von innen nach außen gucken, nicht aber von außen nach innen.

Dieser Umstand sollte sich am Ende dieses Kapitels für mich nicht gerade zum Vorteil entwickeln.

Wir holten die Quittung mit der Abholzeit zum zweiten Mal aus der Tasche und tatsächlich, da stand 8:30 Uhr. Jetzt war es 9:00 Uhr, und nicht das leiseste Brummen eines Busses war zuhören.

Was wir noch nicht wissen konnten, dieses Geräusch sollten wir noch weitere 25 Min. vermissen.

Da wir bis zur Abfahrt also noch genug Zeit haben und es in diesem Kapitel um die Historie und den Krieg in Vietnam geht, an dieser Stelle noch ein paar Hintergrundinformationen:

Das Durchschnittsalter der „GI's" in Vietnam lag bei 19 Jahren, wählen durften sie aber erst mit 21!

In den USA war Wehrpflicht, und jeder 18-Jährige wurde eingezogen und in den Krieg geschickt.

Jeder!?

Nein, das stimmt nicht.

Es gab auch eine Menge 17-Jährige, die sich freiwillig zum Kriegsdienst meldeten, meist aus den Ghettos der Großstädte kamen und mangels Bildung an Alternativlosigkeit litten.

Das ist traurig und natürlich sind auch gewisse Parallelen zu erkennen, aber dennoch, um die geht es mir hier nicht.

Es geht mir vordergründig um diejenigen mit Bildung, die, weder mit 18 noch mit 20 oder 30 in den Krieg ziehen mussten, kurz gesagt um Amerikas Elite.

Erstaunlich, ein Platz an der Uni, ja schon die Aussicht auf einen Studienplatz genügte, um nicht nach Vietnam zu müssen. Klar gab es auch noch andere Gründe, und wenn nicht, wurden welche geschaffen.

Ein konservativer Politiker hat mal in einem Anfall von Zynismus bei einem Interview gesagt, man wolle nicht auch noch seine Elite verheizen. Vitamin B ist in den elitären Kreisen der USA durchaus von Vorteil, sollte dieses nicht genügen, wird ein bisschen Kapital nachgeschoben, und siehe da: Die Unterschrift sitzt passgenau unter dem Stempel auf dem amtlichen Dokument.

Um einen Krieg zu gewinnen, musst du wissen, wofür du kämpfst.

Dieses Wissen aber hatten die meisten „GI's" in Vietnam nicht!

Ich gebe es zu, ich hätte es an deren Stelle auch nicht gehabt.

Auch wenn mich morgen unsere hochverehrte Kanzlerin Merkel höflich bitten würde, eine Zeit lang in

Afghanistan zu verbringen, müsste ich lange nachdenken, um die Antwort nach dem „wofür" zu finden.

Ehrlich gesagt, mir fällt da auf die Schnelle nur mein
französischer Kleinwagen ein....

Schande über mich.

Also, diejenigen Amy's, die wussten, dass der Viet-
namkrieg auch zu ihrem eigenen Vorteil sein könnte,
wussten natürlich auch, dass dollargeschwängerte
Bankkonten im In- und Ausland durchaus ihre Vorteile haben.

Kapital ist grenzenlos.

Lange Rede kurzer Sinn: Die meisten Soldaten in Vietnam wussten nicht, warum sie da waren und wofür
sie kämpfen sollten. Andere, die zuhause bleiben
durften, wussten das besser!

Um dir das „Paradoxon" anschaulicher zu machen:.....

......„Während sich der 20-jährige „Ben", Sohn eines
Rüstungsunternehmers aus Texas, auf der Luftmat-
ratze im elterlichen Swimmingpool von seinem zweiten Tripper erholte, sich von Maria, dem mexikani-
schen Dienstmädchen, den zweiten Mai Thai bringen
ließ und bei dieser Gelegenheit gleich die Asche von
seiner Havanna abstreifte, saß 4000 km westlich der
picklige und sexuell unerfahrene, rothaarige 19-jäh-
rige „Joad", Sohn eines Farmarbeiters aus
Oklahoma, auf dem Barhocker einer Kneipe in Saigon.
Vor sich auf dem Tresen stand ein Glas Mineralwas-
ser, und auf seinem Oberschenkel lag die Hand der
schönsten Frau der Welt.
„Do you have a lighter?"

Joad rauchte nicht, er hatte noch nie in seinem Leben eine Zigarette angerührt, jetzt aber wollte er sich keine Blöße geben.

Er sah sich um, sein Kamerad „Mike" stand an der Musikbox und hätte sicher nichts dagegen, wenn er sich eine Zigarette von ihm nehmen würde.

Die Musikbox spielte den Song 'Eve of Destruction' von Barry Mc Guire.

Joad griff neben sich, nahm eine Zigarette aus der Schachtel und versuchte, das Feuerzeug anzumachen.

Es war ein Feuerzeug, bei dem man den Deckel aufklappen musste, um es zu zünden.

Mit zittrigen Händen versuchte er es 5-mal, doch der Funke konnte nicht überspringen.

„Kim Anh" nahm es ihm aus der Hand, schnippte den Deckel hoch, zündete es und hielt die Flamme genau zwischen ihre Köpfe.

Beinah gleichzeitig näherten sich beide mit ihren Zigaretten im Mund der Flamme. Als Joad dabei in ihre rehbraunen Mandelaugen schaute, spiegelte sich darin ein unbeschreibliches Feuer.

Eigentlich war Joad blass, er vertrug dieses Malariamittel einfach nicht und hatte seit Tagen nicht geschlafen, in diesem Moment aber war er rot wie ein Krebs.

Endscheidend dazu beigetragen hatte Kim Anh's Hand, die mittlerweile eine Handbreit höher auf seinem Oberschenkel lag und somit sein Blut etwas schneller auch in seine unteren Regionen fließen ließ.

Joad konnte sein Glück nicht fassen, warum er, warum nahm sie nicht Mike, das erfahrene Alpha-Männchen an der Jukebox?

Mike hatte nur noch zwölf Tage in Vietnam zu dienen und würde morgen seinen letzten Einsatz mit ihm haben.

Joad wusste, dass er einen Freund verlieren wird.

In dem Ort, aus dem Joad kam, gab es keine Mädchen in seinem Alter, aber Zuhause hatten sie einen Fernseher. Warum sollte er hier nicht mal Glück haben, so ein Glück wie die schönen jungen Männer und Frauen Zuhause in seinem Fernseher?

Da gab es sie doch, die Liebe auf den ersten Blick!

Kim Anh war vierundzwanzig Jahre, ging aber wegen ihrer kindlichen Gesichtszüge noch locker als 18-Jährige durch. Sie kam aus dem kleinen Dorf „My Lai" und hatte in Saigon, Paris und an der „Kent State University" in den USA Geschichte studiert.

Sie sprach auch drei Sprachen.

Natürlich ihre Heimatsprache Vietnamesisch, die aber besser als die meisten ihrer Landsleute.

Französisch beherrschte sie bis hin zur Perfektion, auch in Wort und Schrift.

Bei Englisch trieb sie ihre Zungenfertigkeit jedoch zum Höhepunkt, sie fügte ihrer eigentlich perfekten Aussprache noch einen kleinen Hauch von Vietnamesisch hinzu.

Dieses i-Tüpfelchen war bei vielen Gesprächen mit den Amerikanern für sie nicht gerade von Nachteil.

Ihre sehr langen pechschwarzen Haare hatte sie we-

gen einer asiatischen Kampfsportart, die unter Umständen für ihre Gegner mit dem Tod enden konnte, auf Schulterhöhe abgeschnitten.

Kim Anh war körperlich mit allen Tributen Buddhas gesegnet, trug Turnschuhe, eine sehr knappe russische Jeans und eine Bluse, die sie im Bedarfsfall auch mal vergaß, richtig zuzuknöpfen.

Als Joad hinter seinem „schwarzen Engel" zum Ausgang ging, tanzten die Schmetterlinge in seinem Bauch Tango-Asiatika.

Er hätte auch noch den Boden geküsst, dort, wo ihre Turnschuhe ihn berührt hatten, wenn sie es bloß nicht so eilig gehabt hätte. Bevor er raus ging, schaute er noch mal zu Mike, dieser machte mit beiden Händen eine aufmunternde Geste, drehte sich um zur Jukebox und drückte den nächsten Song.

Am nächsten Morgen fuhr Joad mit seinem Platoon, bestehend aus 30 Soldaten, zu einem Dorf zwanzig Km nördlich von Saigon. Es war ein ungefährlicher Routine-Einsatz, sie sollten das Dorf nach Waffen durchsuchen und rausfinden, ob es von „Charly" kontrolliert wurde.

Als sie am Abend wieder im Camp ankamen, waren von seinem Platoon nur noch 23 Kammeraden am Leben, unter den Toten auch sei Freund Mike.

Noch am selben Abend fing eine eilig aufgestellte Kommission, bestehend aus mehreren hochrangigen Offizieren, mit ersten Befragungen an.

Kim Anh gab es nicht, auch an der Adresse, die Joad angegeben hatte, kannte sie niemand.

Noch in der Nacht griff sich Joad sein Gewehr und eine alte Decke, danach schlich er sich an der Wache vorbei zu einer abgelegenen Latrine....

Drei Tage später, standen acht Särge im Hangar eines Militärflugplatzes in der Nähe von L.A..

Nach einer kurzen Trauerfeier mit Blaskapelle wurde einer davon in eine Maschine nach Oklahoma City verfrachtet.

Den Eltern von Joad wurde in einem Beileidsschreiben versichert, dass Joad mutig im Kampf Mann gegen Mann und ehrenhaft für Volk und Vaterland sein Leben gelassen hatte......

„Euer Bus ist da!!!"

Wir hatten den Eindruck, die Pagen freuten sich mehr über die Ankunft des Busses als wir.

Wir nahmen die eilig gemachte Gasse diesmal gern in Anspruch und gingen, nicht ohne einen gewissen Stolz, auf die andere Seite zum Bus.

Es ging erstmal zu einer etwas außerhalb der Stadt gelegenen Werkstadt für Behinderte. Hier wurden junge Menschen betreut und handwerklich ausgebildet, die in der Mehrzahl unter den Auswirkungen von Agent Orange und anderer Dioxine in zweiter oder dritter Generation noch zu leiden hatten.

„Handicapped-Handicrafts"

stand auf dem Schild über den drei Meter großen Tonvasen.

Es wurden aber nicht nur große Tonvasen angefertigt, sondern noch vieles mehr: Schnitzereien, Holzarbeiten, kunstvoll gestaltete Stühle, Einlegearbeiten mit

Eierschalen und lacküberzogen, um nur mal ein paar Sachen zu nennen.

Wer über ein Souvenir aus Vietnam nachdenkt, sollte sich vielleicht hier erstmal umschauen, bevor er mit dem Plastikstrohhut „made in China" zurückfliegt.

Nach einer Stunde ging es weiter zum Tunnelsystem von „Cu Chi"!

Vom Parkplatz aus gingen wir sinnigerweise erstmal durch einen Tunnel unter der Straße.

Die erste Station in Cu Chi war ein an den Seiten offenes Gebäude, in dem mit Filmen, Fotos und Zeichnungen über den Aufbau und die Struktur der Tunnel informiert wurde.

Auf mehreren Ebenen liefen die Tunnel zu Schlafräumen oder Gemeinschaftsräumen. In diesem System gab es auch Krankenstationen, in denen sogar kleinere Eingriffe vorgenommen wurden. Unbedingt zu erwähnen ist auch noch das „Theater", in dem wöchentlich Aufführungen vor bis zu achtzig Zuschauern stattfanden.

So, spätestens jetzt ist bei mir mal wieder der Moment gekommen, an dem ich denke, du glaubst mir gar nichts mehr.

Meine zum Teil alberne, über die gesamte Story aber auch sehr flapsige Schreibe lässt wohl keinen anderen Schluss zu. Zum einen will, zum anderen - und das ist der Punkt - kann ich nicht anders schreiben. Meinen beschämenden Fähigkeiten sind nicht zu übersehbare Grenzen gesetzt.

Die Tunnel wurden schon im ersten Indochinakrieg gegraben, waren also lange Jahre vor den Amerikanern hier. Warum also errichtete die US-Armee ausgerechnet über den Köpfen des verhassten Vietcongs ein riesiges Basislager?

Eine Entscheidung, die sie bitterböse bereuten.

Übrigens, der „Vietcong" wurde nach dem Nato-Alphabet von der US-Armee kurz „Charly" genannt. An der zweiten Station kamen wir zu einer Klappfalle, diese war etwa vier Meter lang und sechzig cm breit.

Die Falle lag an einem Weg, aber nichts deutete auch nur ansatzweise auf eine Falle hin.

Der „Ranger" entsicherte sie und trat mit einem Fuß auf das untere Ende. Das große Brett klappte um und gab den Blick auf die zwei Meter tieferliegenden angespitzten Bambusstangen frei.

Auf dem Weg zur nächsten Station sagte mir ein Australier, dass es hier viele Blumen gäbe, die es in seiner Heimat nicht gabt, na ja, vielleicht habe ich ihn auch falsch verstanden.

Dennoch wage ich mal die Prognose, behaupten zu können, dass ich sie besser verstehe als die meisten, die schon mal in Australien im Urlaub waren.

Man kann über die Australier sicher viel sagen.

Ich bin der Meinung, sie versprühen einen außergewöhnlichen natürlichen Charme, sind naturverbunden, humorvoll und haben vor fast nichts Angst.

Dieses scheint sich bei ihnen auch durch alle Generationen zu ziehen, manchmal aber setzen sie diese Eigenschaften auch recht geltungsvoll in Szene.

Als unsere Gruppe an der dritten Station der Besichtigungstour war, machte der Ranger eine kleine Vorführung. Ihr kennt das alle aus dem Fernseher, der zugegeben kleine und dünne Mann stieg bis zum Bauchnabel in das Loch vor ihm, legte sich ein Brett auf den Kopf und tarnte es mit ein paar Blättern.

Danach verteilte er mit seinen Händen noch ein paar Blätter um den Einstieg, und war drei Sekunden später im Loch verschwunden.

Wirklich eindrucksvoll, doch außer ein paar staunenden Augen und zwei gelangweilt klatschenden Zuschauern war sonst nichts zu sehen, als er wieder aus dem Loch kam.

Unsere Gruppe bestand so etwa aus 40 Leuten verschiedener Nationalitäten, der Ranger fragte in die Gruppe, ob es mal jemand versuchen wollte. Er hatte noch nicht ganz ausgesprochen, da meldete sich eine junge Dame aus Australien. Sie trug ein leichtes Sommerkleid, das ihr bis zu den Knien ging und dazu ein paar Flip-Flops.

Als die junge Dame, ich schätzte sie auf 24, zielstrebig und selbstbewusst auf das Loch zuging, konnte ich sie erst „richtig" sehen, und mir kamen ernsthafte Zweifel.

(Und das bestimmt nicht nur mir).

Sie hatte einfach nicht die richtigen Maße, schon sehr vorsichtig formuliert, sie war etwas vollschlank. Jetzt blieben auch noch die Leute aus unserer Gruppe stehen, die sich eigentlich schon ein paar Meter entfernt hatten.

Du ahnst natürlich, was kommt, na klar.

Sie hat es geschafft, aber nicht ganz so, wie es eigentlich sein sollte, trotzdem Respekt.

Ich nicht und auch keiner der hier Anwesenden hätte geglaubt, dass sie es überhaupt soweit schaffen könnte.

Mittlerweile kam noch eine andere Gruppe auf uns zu, die eigentlich nur vorbeigehen wollte, dann aber doch sehr aufmerksam dem Geschehen beiwohnte. Normalerweise sind solche "Sachen" gar nicht mein Ding, und ich schämte mich ein bisschen, als ich mir das Gesicht der jungen Dame etwas genauer ansah.

Die australische Naturburschenfarbe in ihrem Gesicht machte augenblicklich einer Mischung aus Scham und Zornesröte Platz. Vielleicht hätte ich auch noch gesehen, wie sich diese Röte erst mit ein paar Punkten und dann flächendeckend in ein Aschgrau verwandelte, aber dazu kam es nicht.

Ein sehr großer Mann stellte sich mit seiner Frau vor mich, und ich musste mir einen anderen Platz suchen. O.K.. Das war ja nicht schlimm, schlimm war eigentlich nur, dass der Mann gar nicht in unsere Gruppe gehörte.

Der Ranger wollte ihr noch einige Tipps geben, sie hörte aber nicht auf ihn, es machte 'schwupp', und sie saß buchstäblich bis zum Hals im Loch. Man sah nur noch die Arme und den Kopf.

Das Peinliche an der Situation war eigentlich nur, dass sie sich nicht selbst befreien konnte, sie steckte da drin und konnte weder raus noch rein.

Von dem Ranger kam sofort "Erste Hilfe", er versuchte mühevoll, eine Hand unter ihren Arm zu kriegen, und nach einiger Zeit gelang es ihm auch. Wie schon gesagt, er war nicht gerade der Stärkste. Er gab aber sein Bestes, er zog jetzt an ihrem Oberarm und das mit beiden Händen.

Er zog und zog und zog!

Mittlerweile hatte sich die Fangemeinde um ein weiteres Drittel erweitert, was die Bergungsarbeiten nicht gerade erleichterte. Die Fotoapparate liefen auf Hochtouren, und gut gemeinte ernsthafte Ratschläge in feinstem Englisch verpufften im Durcheinander der Worte. Spätestens jetzt war für unseren Reiseführer der Moment gekommen, tatkräftig in das Geschehen einzugreifen.

Zu diesem Zeitpunkt war das für ihn wirklich ein Akt zwischen Selbstbeherrschung und Nächstenliebe.

Mal unter uns, der Gute war einem Lachkrampf näher als der Tatsache, rechtzeitig als Helfer in Erscheinung treten zu müssen.

Unter dem Beifall einiger Zuschauer begab er sich schnell zur "Bühne". Nicht sofort, aber beim dritten Mal schafften sie es mit vereinten Kräften.

Augenblicklich machte sich ein Blitzlichtgewitter nie gekannten Ausmaßes breit. Selbst mir als etwas abseitsstehendem Zuschauer stand eine Träne im Auge, als der tosende Applaus einsetzte und ich die drei vor dem Loch stehen sah.

Eine Station weiter wurden uns Tretfallen gezeigt.

Sie sahen aus wie Abfallkörbe, in die man am Boden einen ca. dreißig cm langen Metalldorn angeschweißt hatte. Diese Körbe wurden mit Ketten fest im Boden verankert und perfekt getarnt. Das eigentlich Fiese kommt aber erst jetzt:

Zu besagtem Dorn liefen trichterartig federnde dünne Stahlbleche, die zuließen, dass du zwar mit deinem Bein reintreten konntest, es aber nicht mehr rauskriegst, …jedenfalls nicht am Stück.

Die Fallen gab es in fünf verschiedenen Ausführungen, eine schlimmer als die andere.

Zu Fallen der ganz „anderen Art" komme ich später noch, deshalb an dieser Stelle erstmal Schluss damit.

Uns wurden noch viele Stationen gezeigt, auf die ich aber im Einzelnen nicht mehr eingehen will. Nur so viel: An einer wurden aus alten Autoreifen Latschen hergestellt, diese gab es von der Kleinkindgröße bis zur geschätzten Schuhgröße 52.

Not macht erfinderisch, der Flip-Flop wurde also in den Sechzigern geboren, und das auch noch original „Made by Vietcong".

Je länger wir uns hier in Co Chi bewegten, umso klarer wurde mir, dass die Amerikaner auch nicht den Hauch einer Chance hatten, den Krieg zu ihren Gunsten zu entscheiden.

Entscheidend dazu beigetragen hatte, dass der Vietcong wusste, „wofür" er kämpfte.

Nach 100 Jahren Krieg, gegen wen auch immer, wollten sie nur sie selbst sein.

Das Wirtschaftssystem, in dem sie sich später einordnen mussten, spielte dabei anfangs eine eher untergeordnete Rolle.

Nicht, dass du was verwechselst, die Rede ist von den Vietcong und ihrer von Kriegsjahr zu Kriegsjahr steigenden Anzahl südvietnamesischer Sympathisanten.

„Charly" wollte keine:

Engländer,

Chinesen,

Japaner,

Franzosen,

US-Amerikaner.

„Charly" wollte kein aufgezwungenes System, keine kaiserlich korrupte Marionette und schon gar nicht die Rückkehr zum Kolonialismus.

Sie wollten „nur" autonom und frei sein.

„Kolonialismus ist die Speerspitze des Kapitalismus" (Ho Chi Minh).

Dieses Zitat stieß bei vielen Partisanen nicht auf taube Ohren.

Der kommunistische Norden nutzte das und noch vieles mehr zu seinem eigenen Vorteil.

Waffen wurden geliefert, Bündnisse geknüpft und Überzeugungsarbeit geleistet.

Nach einer kleinen Anhöhe dann das:

„Ratatat! Ratatatatat! Rat! Rat! Ratatatatat!"

Wieder einmal traute ich meinen Augen und Ohren nicht.

Hier wurde auf Strohpuppen geschossen.

Hatte ich eben noch an ein Freilichtmuseum mit Lerneffekt geglaubt, mutierte „Co Chi" nun zum Abenteuerspielplatz mit Spaßfaktor.

Ein Schuss kostete einen Dollar.

Die meisten Leute, die von diesem fragwürdigen Spektakel Gebrauch machten, waren US-Amerikaner, die zumindest in Südvietnam die größte und zahlungskräftigste Touristengruppe stellen.

„Johnny got his gun."

Unglaublich auch, wer hier schoss, vom Zwölfjährigen, der noch nicht so ganz begriff, was er da machte, bis hin zum Greis, der beim Halten des Gewehrs „noch oder wieder" gewisser Unterstützung bedurfte, war alles vertreten.

Eine der letzten Stationen war ein Tunnel von ca. 80 Metern, den sie zugegebenermaßen für Touristen etwas aufgebohrt hatten.

Ich ließ es mir nicht nehmen, auf allen Vieren durchzugrabbeln.

Nach zwanzig Metern wusste ich, wie sie sich gefühlt haben mussten, die „Tunnel-Rats", diejenigen, die sich aus den ärmsten Schichten der USA, ja sogar aus Strafanstalten rekrutieren ließen, um für tausend Dollar oder Straferlass nach dem Strohhalm eines erträglichen Lebens greifen zu können.

Was muss das für ein Gefühl sein, durch einen engen Tunnel zu kriechen, um nach 40 Metern festzustellen, dass man gerade mit der linken Stiefelspitze das hauchdünne und gut getarnte Drahtseil ein Stück mitgerissen hat?

Was ist zu tun, wenn es hinter dir 'klick' macht, der Sicherungsstift aus der Halterung rutscht, der Schlagbolzen das Säuregläschen zerschlägt und du nur noch sechs Sekunden zu leben hast?

Die meisten „Tunnel-Rats" schafften den Kriechgang hin zu einem erträglichen Leben nicht.

Als ich blinzelnd aus dem Tunnel stieg, erwarteten mich Karin und der Rest der Gruppe, und damit war ich mehr als zufrieden.

Zuletzt wurde an einem großen Tisch noch Tee und zweifelhaftes vietnamesisches Gebäck serviert. Wir aßen es nicht gerade mit Begeisterung und verließen kurze Zeit später „Co Chi" in Richtung Saigon.

Nachdem unser Guide uns zum fünften Mal erzählt hatte, dass Saigon „8 Millionen" Einwohner hat, bot er uns an, das „War Remnants" zu besuchen. Außer Karin und mir nahmen noch einige andere aus unserer Gruppe das Angebot an.

Nachdem wir die 150 Meter vorbei an der amerikanischen Botschaft gegangen waren und anschließend unter dem Torbogen am Eingang standen, kamen mir Zweifel.

Bei „Wiki" hatte ich gelesen, dass dieses Museum nur noch in abgeschwächter Form zur Aufklärung der Vergangenheit beiträgt, um die zahlungskräftigen US-Amerikaner mit zum Kotzen realistischen Fotografien nicht zu verunsichern.

Jetzt und hier halte ich auch die Gelegenheit für passend, dir den Unterschied zwischen Bild und Foto zu erklären.

Ein Foto ist immer ein unbearbeitetes „Original".

Ein Bild ist - wie auch immer - „bearbeitet".

O.K., das war sehr vereinfacht, aber ich hoffe effektiv.

Im War Remnants Museum sind Fotos, und was für welche!

Bevor wir reingehen - und zum besseren Verständnis der später detailreich beschriebenen Fotos - komme ich an einem letzten Return nach Vietnam nicht vorbei:..........

Ende 1969 hatte auch jeder Soldat - vom höchsten Offizier bis hin zum kleinsten Dienstgrad - begriffen, dass der Krieg nicht zu gewinnen war.

Desertationen und Befehlsverweigerungen waren an der Tagesordnung.

Suizidale Amokläufe mit vielen Toten in den eigenen Reihen die Regel.

Die Militärgefängnisse in und um Saigon platzten aus allen Nähten.

Es mussten Ventile geschaffen werden, die den bettnässenden jungen Soldaten in den 48-stündigen Kampfpausen nicht noch zum Amokläufer werden ließen.

Was eignete sich dafür besser als:

„Sex and Drugs and Rock and Roll!?"

Was sich anhört wie ein Song aus den Achtzigern wurde in Washington D.C. und Saigon zum ernsthaften Thema. Es wurden Gesetze erlassen, die die bisherigen harten Drogengesetze in Vietnam weitestgehend verweichlichten. Auch bei Bordellbesuchen oder den exzessiven Besäufnissen in Saigon's reichlich vorhandenen Bars wurde jetzt auch mal ein Auge zugedrückt.

Die Perversität und der Zynismus dieser Entscheidungen werden erst klar, wenn man sich vor Augen hält, dass Politiker und führende Offiziere der US-Armee bis ins Detail von den vernichtenden Vernetzungen des Vietcongs ausführlich informiert waren.

Während die Gespielinnen der Offiziere von unten nach oben, von innen nach außen gedreht und inklusive Vita durchgecheckt wurden, war dieses beim gemeinen Soldaten nicht möglich.

In einem ohnehin schon „asymmetrischen Krieg" wurden jetzt große Teile einer unreifen, unwissenden und traumatisierten Generation auf verachtenswerte Weise wissentlich sich selbst und damit dem eventuellen Tod überlassen.

Das goldene Dreieck war nicht weit, ein Gramm „reines Heroin" kostete 4-5 Dollar.

Der Schuss ins Glück schien nah, war aber dank „Charly" endlos weit.

Charly kontrollierte alles, nicht nur Dealer, sondern auch Bordelle, Nutten, Kaffees, Kneipen u.v.m.

Sage und schreibe siebzig Prozent aller Dealer in Saigon wurden von Charly kontrolliert. Das hatte den Nachteil, dass das eigentlich lupenreine Heroin nun mit diversen Mittelchen gestreckt wurde. Zum einen führten diese Mittel meist zu sofortiger Abhängigkeit, zum anderen - und das war das Entscheidende - für Tage auch zur totalen Kampfunfähigkeit.

Bei Bordellen verhielt sich das Verhältnis ähnlich, auch diese wurden von Charly's Nutten unterwandert. Der gemeine G.I., der sich nach Liebe und Verständnis sehnte, sollte sich schnell und ungeschützt auf der Nutte mit den härtesten Geschlechtskrankheiten wiederfinden.

Manch einer ließ auch außer ein bisschen Sperma noch ganz anderes in oder bei seiner Auserwählten zurück.

In den Bars der großen Stadt wurden Getränke gepanscht, um die Redseligkeit zu fördern. Sollten diese Maßnahmen nicht den erwünschten Erfolg haben, endeten die feucht-fröhlichen Besäufnisse nicht selten mit durchschnittener Kehle in einer der vielen Gassen Saigons.

Sie wollten abschalten, nur abschalten.

Für einen Augenblick den Wimpernschlag der kurzen Kampfpause zum Vergessen nutzen, über ihre unvergesslichen Erlebnisse reden, nicht darüber nachdenken, ob es richtig war, Hütten anzuzünden, endlich den Gestank verbrannten Fleisches loswerden, die Schreie der Kinder aus ihren Köpfen verbannen, nicht über das „warum" nachdenken zu müssen.

Wo ist Gott?

Wo sind die Mütter?

Wo der Alkohol?

Wo die Drogen?

Wo die verständnisvolle Prostituierte, die zuhörte, wenn man die Angst vor dem nächsten Kampfeinsatz ausführlich schilderte?

Zu erwähnen ist noch, dass nicht nur Charly den USA den apokalyptischen Todesstoß versetzte, es gab auch viele Vietnamesen, die noch diverse Rechnungen mit den USA offen hatten, in Eigenregie „arbeiteten", nach Rache gierten und Charly wertvolle und todbringende Informationen nicht vorenthielten.

Wie viele Soldaten im Geflecht der Fallen des Vietcong den Tod fanden, wäre meinerseits reine Spekulation, die eben aufgeführten Dinge spiegeln auch nur einen kleinen Teil des enormen Repertoires wider, das Charly zur Verfügung stand.

Fakt ist:

Während der gesamten Kriegsjahre hingen 120.000 Soldaten an der Nadel.

60.000 von ihnen wurden schwerst abhängig.

Die meisten der 60.000 nahmen dieses Manko mit in die Heimat.

Einige hängen bis heute noch an der Nadel, und glaub mir, das sind nicht immer bedauernswerte Opfer.......

Ich stehe immer noch unter dem Torbogen am Eingang des „War Remnants", und bevor wir reingehen, jetzt eine zweite und „ernst gemeinte Warnung!"

Ich werde kein Blatt vor den Mund nehmen, wenn du mitkommen willst, solltest du dir im Klaren sein, nach diesem Besuch für lange Zeit keinen Appetit mehr zu haben, uns jedenfalls erging es so.

Allen anderen empfehle ich ein Paar Seiten zu überspringen, nach dem Essen oder erst beim nächsten Kapitel wieder einzusteigen.

„Ready?"

Es fing erstmal entspannt an.

Im Eingangsbereich des ersten Gebäudes, das einer Soldatenunterkunft nachempfunden war, wurde mit zwei riesigen Tafeln in Zahlen auf die Toten, die Tonnen von Bomben, die Kosten, u.v.m. der vergangenen Kriege hingewiesen.

An den Wänden der Barrage hingen Schwarz-Weiß-Fotos, die die Ankunft amerikanischer Truppen in Südvietnam zeigten. Als wir aus dem Gebäude gingen, standen wir in einem Hof.

Hier war ein Hubschrauber, zwei Planierraupen und ein Kampfflugzeug zu sehen.

Im nächsten, einem älteren Haus, hingen schockierende Fotos.

Auf einem wurde gezeigt, wie ein halb skelettierter Vietnamese an einem Seil hängend hinter einem Jeep hergezogen wurde.

Die Botschaft war klar: „Das machen wir mit Charly!"

Bei den meisten Fotos ging es um Kampfeinsätze, man sah brennende Menschen, brennende Hütten und Felder.

Dann ein Foto, was ziemlich aus dem Rahmen fiel:

An einem Lagerfeuer saßen etwa fünf Männer und aßen, hinter ihnen ragten etwa 150 cm lange Holzstangen aus dem Boden. Auf diesen 5-6 Stangen steckten die grotesk vom Feuer beleuchteten abgeschnittenen Köpfe der Vietnamesen.

Auf anderen Fotos posierten Soldaten mit ihrer Beute.

Auf einer Kette um den Hals aufgereiht bspw. linke Daumen, auch sehr beliebt: Skalps oder etwas platzsparender an der Schulterklappe getragen auf einen Draht aufgezogene Ohren.

Zu gerade Beschriebenen hatten auch die „body-count"-Vorgaben entscheidenden Einfluss!

Wir gingen ein paar Schritte weiter, und ich stutzte, in dem Rahmen war kein Foto, sondern eine Zeitungsseite.

Tatsache, es war die vergilbte Seite drei der Washington Post, eine Politikseite.

Der Aufbau war völlig untypisch für eine Meldung dieser Art, die Schriftart war anders als die der ganzen Seite. Auf dem Bild waren drei Männer in Uniform zu sehen, die offensichtlich gerade ein Massaker an einer vietnamesischen Familie verübt hatten!

Ein Offizier mit Pistole und zwei Soldaten mit M16-Sturmgewehren waren im Vordergrund, dahinter vier Tote. Ein alter Mann, eine Frau mittleren Alters, eine schwangere Frau und ein etwa 5-jähriger Junge.

Dieses Foto war in der Mitte der Seite an den linken Rand gedrückt, rechts daneben in einem schmalen Kästchen konnte man vier Sätze lesen.

Sinngemäß:

Der Kongressabgeordnete XY hat sich öffentlich zu seinen Taten bekannt.

Er tritt auf der Stelle von seinen Ämtern zurück.

Er steht zu seinen Taten und zeigt Reue.

Die Staatsanwaltschaft hat umgehend die Ermittlungen aufgenommen.

In einer großen Nische am Ende des Raumes wurde mit ca. 20 Fotos auf das Massaker in dem kleinen Dorf „My Lai" hingewiesen, bei dem 500 Menschen - meist Greise, Frauen und Kinder - erschossen und teilweise noch lebend in Wassergräben oder eilig ausgehobenen Gruben verscharrt wurden.

Da es mich beim Schreiben betroffener macht, als ich eigentlich dachte, will ich mir und dir auch trotz Warnung bezogen auf die Fotos nichts mehr zumuten, Entschuldigung.

Nicht minder geschmacklos - aber noch zu erwähnen - sind die beiden riesigen Reagenzgläser.

Auf zwei Sockeln standen vor der Nische zwei Reagenzgläser: 1,7 Meter hoch, vierzig cm im Durchmesser und etwa vier Meter auseinander.

In den Gläsern waren missgebildete Föten, (eine Folge des Entlaubungsmittels Agent Orange) die hier eindrucksvoll und beängstigend in Szene gesetzt wurden...

Bevor ich es vergesse: Der Konzern in den USA, der Agent Orange herstellte, konnte den wachsenden Bedarf in Vietnam nicht mehr abdecken. Eine deutsche Chemie-Fima aus dem Rhein-Main-Gebiet stand ihm aber diesbezüglich gerne hilfreich zur Seite.

Hoppla, in den Nachrichten höre ich gerade: Bayer hat Monsanto übernommen, ... Zufälle gibt's!

So, ich hoffe, es war nicht so schlimm für dich und ich darf jetzt auch wieder diejenigen begrüßen, die draußen geblieben sind.

Trotzdem wir das Museum schon eine Weile hinter uns gelassen hatten, wollte sich an diesem Abend kein Hungergefühl mehr bei uns einstellen. Geplant war eigentlich Essen zu gehen, das sparten wir uns aber und gingen auf dem schnellsten Weg zu unserem Hotel.

Am Abend im Hotelzimmer kam ich auf die dümmste Idee, die man auch nur habe kann.

Ich wollte meine Fotos checken.

Trotz meiner sehr begrenzten Fähigkeiten in Bezug auf PC's machte ich mich auf in ein unerwartetes Abenteuer.

Zum besseren Verständnis:

Während Karin innerhalb von zehn Sekunden, allein am Klang des hochfahrenden Computers, Typ, Baujahr, Gerätenummer sowie Vorname und Familienstand des zuständigen Vorarbeiters rausfindet, brauche ich meistens eine geschlagene Minute, um überhaupt den Knopf zum Einschalten zu finden.

Und glaub mir, das ist noch sehr vorsichtig ausgedrückt.

„Ich bin gleich wieder da" sagte ich zu Karin, schnappte mir Festplatte und USB-2 Kabel und fuhr runter zum PC-Raum. Im Raum waren fünf Geräte, zwei davon waren frei.

An dieser Stelle sei noch erwähnt, dass zwei Komponenten passen müssen:

1. Der PC muss einen USB-2 Anschluss haben.

2. Die richtige Software muss zur Verfügung stehen.

Die beiden freien PC's hatten weder das eine noch das andere, deshalb wartete ich, bis der nächste frei wurde und siehe da, das Warten hatte sich gelohnt.

Dachte ich. Der richtige Anschluss war vorhanden, aber die richtige Software leider nicht.

Nach einer halben Stunde ging ich schon ziemlich genervt - ich hatte fünfzehn Min. auf einen freien PC gewartet - in die Lobby Richtung Ausgang.

„Mister!" „Mister!"

Die meinte sicherlich mich.

Ich ging zurück zum Tresen.

„Sie waren eine halbe Stunde im PC-Raum, das kostet einen halben Dollar."

Genervt zog ich meine Geldbörse und gab ihr einen fünf-Dollarschein.

„Tut mir leid, ich kann nicht wechseln."

Noch genervter drehte ich meine Taschen von innen nach außen und fand tatsächlich einen 1-Dollarschein, legte ihn auf den Tresen, sagte ihr, sie solle sich vom Rest einen schönen Abend machen, drehte mich um und wollte gerade wieder zum Ausga...

„Mister!.......please Mister!"

„Ich kann nicht wechseln, und wir dürfen kein Geld von Gästen annehmen."

Bei mir war jetzt die Schmerzgrenze erreicht, den Tränen nah versank mein eigentlich ausgeglichenes Inneres in Selbstmittleid, ich wollte doch nur mal eben meine Fotos checken, was habe ich falsch gemacht, und warum wurde ausgerechnet mir heute so übel mitgespielt?

Leise....sehr leise, ja schon fast flüsternd gab ich meine Zimmernummer an, nahm sehr langsam und vorsichtig den Dollarschein vom Tresen, drehte mich erneut um und ging sehr vorsichtig mit kurzen langsamen Schritten zum Ausgang.

Jeder, echt jeder hätte genau jetzt aufgegeben, ich nicht!

Das sollte sich rächen, und die Odyssee nahm ihren Verlauf mit schlimmem Ende.

Keine zwanzig Meter vom Hotel war ein Internetcafé, als ich reinging, traute ich meinen Augen nicht. In dem Raum waren nur Kinder, alle so um die vierzehn

Jahre, die unter ohrenbetäubendem Lärm an den PC's spielten.

Die 9B suchte des Abends wohl ein bisschen Entspannung vom harten Schulstress.

Ein PC war frei, ich zeigte auf den Rechner und die Frau auf der anderen Seite des Tisches nickte mir aufmunternd zu.

Sollte ich Glück haben?

Sollte ich heute tatsächlich noch Glück haben?

Vergiss es.

Der USB-Anschluss passte, aber geeignete Software war nicht vorhanden.

Bei dem Arzt meines Vertrauens habe ich mal in einer Rentnerbravo gelesen, dass gerade ältere Menschen bei hohen Temperaturen sehr genau auf ihren Flüssigkeitshaushalt achten müssen.

Deshalb ging ich meiner Gesundheit zuliebe aus dem Internetcafé direkt in das Bistro an der Ecke.

Ahnst du, was kommt?

„Bayeln Munche wild Deutschel Meis…"

Ich würgte ihn mitten im Satz ab, den Scheiß konnte ich im Moment nicht ab.

„Bring mir bitte ein großes Bier."

Nach dem zweiten Bier fragte ich ihn nach dem nächsten Internetcafé, er gab mir Auskunft, und ich verließ das Lokal.

Ich mach's kurz.

Du kannst dir vorstellen, dass auch die nächsten zwei Internetcafés reine Zeitverschwendung waren. Ehrlich gesagt, ich konzentrierte mich zwischen und nach den Internetcafés aus reiner Frustration in den reichlich vorhandenen Kneipen nur noch um meinen „Flüssigkeitshaushalt", wenigstens da sollte nichts schiefgehen.

Auf dem Heimweg fragte ich den schlafenden Rikscha-Fahrer von gestern nach dem kürzesten Weg zu unserem Hotel. Er gab mir bereitwillig Auskunft und bot gleichzeitig an, mich schnell rüberzufahren. Ich erzählte ihm von der faszinierenden Rikschafahrt in Hanoi, danach lachten wir beide sehr herzlich, und ich ging seinen beschriebenen Weg durch eine dunkele Gasse Richtung Hotel.

In der Gasse verkaufte eine alte Frau Bananen.

Ich spreche nicht von Bananen, wie ihr sie vielleicht aus dem Supermarkt kennt.

Nicht von Bananen aus Südamerika, die unreif abgeerntet und intensiv begast in der Obstabteilung geschmacksneutral auf Kunden warten.

Ich spreche von kleinen gelben Gottesgeschenken, die in Vietnam zurecht den Namen „Bananen" tragen dürfen.

Ich kaufte fünf der Gottesfrüchte und ging weiter.

Apropos Bananen und dunkle Gasse.

Hatten wir das Thema Sicherheit schon?

In Vietnam stellt sich die Frage nach Sicherheit erst gar nicht.

Nur zwei Sätze dazu:

Wenn du in Vietnam in einer dunklen Gasse rein zufällig auf einer Bananenschale ausrutscht und dir dabei den Arm brichst, holen dich die hilfsbereiten Vietnamesen in die Wohnung, geben dir Essen und Trinken und rufen einen Arzt.

Gehst du aber nach Einbruch der Dunkelheit in bestimmten Bezirken in Washington D.C. auf der falschen Straßenseite, fliegt dein Flieger ohne dich nach Hause.

(Kein dummer Spruch, sondern gespürte Realität).

(Das D.C. bezieht sich nicht, wie von mir irrtümlich angenommen, auf Distrikt Country, sondern auf Distrikt of Columbia.)

Auf den letzten Schritten zum Hotel kaufte ich noch zwei Ba-Ba-Ba an der Hauptstraße.

Ich wollte gerade in unser Hotel gehen - der Page mit dem Leuchtstab hatte mir schon die Türe aufgehalten - da dachte ich, „eine Zigarette wäre jetzt nicht schlecht." Ich schlenderte zum Straßenrand und steckte mir eine an.

Im dunklen Schatten einer Mauer sah ich auf der anderen Straßenseite eine junge Frau mit einem kleinen Kind auf dem Arm auf dem Gehweg liegen. Sie lagen auf ein paar Zeitungen, waren zugedeckt mit einer alten Decke und als Kopfkissen diente die große blaue Plastiktüte eines Discounters.

Ein Anblick, der in Hanoi undenkbar wäre.

Sehr frei nach B.B.:

Die einen sind im Dunkeln, die anderen im Licht,
die im Lichte sieht man, die im Dunkeln nicht.

Dann sah ich Frl. Rottenmeier auf mich zukommen und ich wusste, jetzt muss ich verdammt schnell sein.

Sie war nur noch acht Meter von mir weg, mir blieben also nur noch max. 4 Sekunden.

Trotz des engen Zeitfensters und meines Zustandes war ich dennoch im Vorteil.

Ich kannte die Frage, bevor sie gestellt wurde.

„Hallo Mister, Massage, Bumm-Bumm!?"

Jetzt wuchs ich über mich hinaus, ich sprang von einem Bein aufs andere vor überschäumender Freude, zeigte mit meinen Armen auf die oberen Stockwerke und sagte ihr, dass ich nur noch meine Frau fragen wollte.

Auf ihren etwas verstörten Blick reagierte ich blitzschnell.

„Wir wohnen nur im 13. Stock und der Lift ist sehr schnell, in drei Minuten sind wir beide spätestens wieder unten."

Ich hatte den letzten Satz noch nicht beendet, als Frl. Rottenmeier wutentbrannt davonstapfte.

Der Page, der keine drei Meter entfernt stand, fing an zu lachen.

Ich nicht, ich konnte meine Fotos nicht sichten, hatte soeben ein dämliches Kasperletheater abgezogen und war reichlich angetrunken.

Dann kam Karin aus der Hoteltür. (Ich sach's noch, keine drei Minuten).

Es gibt Situationen, die erst zu Ende sind, wenn sie zu Ende sind.

Was ich nicht wusste: Karin hatte die ganze Zeit in der Lobby gestanden und uns durch die sonderbare Scheibe beobachtet.

„Was wollte „die" denn von dir, und wo kommst du jetzt erst her?"

Ich war nur noch genervt, wollte so schnell wie möglich ins Zimmer und den Abend vergessen. Deshalb nur eine Zehntelsekunde später meine Antwort:

„Ach „die", die sucht nur ihren Hund, sie hat ihn hier irgendwo angebunden, und jetzt weiß sie nicht mehr so gena. …."

„Red keinen Scheiß, Frl. Rottenmeier hat keinen Hund, und warum fuchtelst du mit den Händen in der Luft rum?"

„Jetzt reicht es mir", sagte ich zu Karin mit bitterbösem Unterton, „wir gehen jetzt aufs Zimmer, trinken noch ein Ba-Ba-Ba und morgen erkläre ich dir alles."

Dem Pagen, der natürlich kein Deutsch sprach, aber zwei und zwei zusammenzählen konnte und mittlerweile etwas lauter lachte, schenkte ich einen bösen Blick.

Augenblicklich hörte er auf und sagte - begleitet von einer entschuldigenden Handbewegung - leise „sorry Mister."

Finger weg von Zigaretten!

„Rauchen kann tödlich sein", manchmal aber auch „nur" verdammt stressig.

12. Saigon III
Delta, Reinkarnation und Return

„Saigon hat acht Millionen Einwohner."
Derselbe Guide, den wir auch gestern hatten, nervte heute schon wieder.

Zum einen stimmte es nicht, Hanoi hat nur 7,4 Millionen Einwohner, zum anderen interessierte es mit Sicherheit auch keinen der anderen vierzig Leute hier im Bus.

Nach etwa anderthalb Stunden hielten wir an einer Raststätte.

Die Raststätten in Vietnam unterscheiden sich nicht wirklich von denen in Deutschland.

Der Busfahrer bekommt sein obligatorisches Gratisessen und die anderen Gäste können anschließend im angeschlossenen Souvenirshop einkaufen.

Also alles quasi wie zu Hause.

Wer merkwürdige Schnitzereien, Skorpione, Würmer oder Schlangen in Schnapsflaschen und noch mehr Merkwürdigkeiten sucht, wird bestens bedient.

Nach 45 Min. Aufenthalt fuhren wir weiter und waren gegen Mittag am Ziel.

In Vietnam läuft alles nach Schema „F", soll heißen, Planung, Organisation und Durchführung der Ausflüge sind bis auf ein gerade noch erträgliches Maß durchgetaktet.

Jetzt entschuldige „mal wieder" meine Entgleisung:
Bin ich gerade vom Traumschiff in ein kleines Boot umgestiegen?

Saß ich jetzt zusammen mit 'Sacha Hehn' und 'Barbara Wussow' im Boot und ließ mir diese schöne heile Welt erklären? Allein der Gedanke ließ mich Albtraumfantasien und Suizidgedanken ein ganzes Stück näherkommen.

Teilweise fragte ich mich auch, ob ich nach einem nicht voraussehbaren Déjà-vu dreißig Jahre in die Vergangenheit versetzt in den „Universal Studios" gerade dem weißen Hai begegnete.

Sogar der Fischer, der sein Netz auswarf, die Frauen, die den Reis setzten oder ein Flötist, der uns beim Essen mit akustischen Höchstleistungen beglückte, wurden für mich zu Statisten.

Ich hoffe, dass dir derartige „Doppelbelichtungen" erspart bleiben.

Aber jetzt erst mal der Reihe nach. Noch nicht richtig aus dem Bus ausgestiegen, saßen wir auch schon mit der ersten Gruppe in einem flachen Boot. Mit diesem Boot die andere Seite zu erreichen, erforderte - da war ich mir sicher - auf jeden Fall seemännische Grundkenntnisse.

Der Mekong teilt sich am Ende seiner Reise in drei riesige Flussarme und an einem davon waren wir jetzt. Wieder mal traute ich meinen Augen nicht, ich konnte das andere Ufer trotz intensiver Bemühungen nicht erkennen, einfach gigantisch und es war noch nicht mal Monsunzeit.

Noch ein paar Infos:

Im natürlich sehr fruchtbaren Delta sind jährlich drei Reisernten möglich.

Auch Obst, Gemüse und allem voran Fische gibt es im Überfluss.

Diesen Überfluss in geordnete Bahnen zu lenken, stellt die Vietnamesen natürlich vor außergewöhnliche Anforderungen.

Das meiste geht in den Export!

Als erstes wurde uns (vom Boot aus) voller Stolz eine Fischzucht-Anlage gezeigt.

Man sagte uns noch, dass diese ökologisch und der Fischfang schonend betrieben wird.

Na ja, ich sag mal so, der Kapitän steuerte das Boot nicht so nah heran, dass wir die großen Säcke mit Antibiotika sehen konnten.

Uns allen ist bewusst, hier korrigiere ich mich, sollte bewusst sein, dass Massentierhaltung immer auch Nachteile mit sich bringt.

Ich behaupte einfach mal, ein unfreiwilliges Bad in dieser Brühe, zusammen mit Pangasius und Co., bringt dich medikamentös auf ein ungeahnt hohes Level.

Von schonendem Fang würde ich auch nicht sprechen, „ernten" trifft besser den Punkt. Du kannst dir vorstellen, was zumindest „unten im Netz" übrigbleibt, wenn ein Stahlnetz von 12 mal 12 Meter und einem Gewicht (mit Fischen) von ca. 5-6 Tonnen aus dem Wasser gezogen und natürlich genauso schonend auf den bereitstehenden LKW verladen wird.

Nach langer Überfahrt erreichten wir endlich das andere Ufer. Hier wurden uns einige Informationen zum Delta und den Leuten gegeben, die hier wohnen. Ein kleiner Snack und die außergewöhnlichen Flötenklänge des bereits erwähnten Musikers rundeten unseren Aufenthalt in diesem Camp ab.

Nach ein paar Metern durchs Unterholz kamen wir an einen Bootsanleger und wurden auf drei gar nicht mal so kleine Boote verteilt.

So, hier ein Break, das spätestens an dieser Stelle sein muss!

„Ich möchte auf keinen Fall den Eindruck erwecken, das Delta oder gar Vietnam in ein negatives Licht zu stellen, genau das Gegenteil ist der Fall. Du kannst an ein-, zwei- oder gar dreitägigen „offiziellen" Touren im Delta teilnehmen und genau das ist es, was ich empfehle.

Wenn du aber einer bist, der auch noch unbedingt die letzte Affenschaukel sehen muss, hast du zwar ein Problem, dieses kannst du aber mit ein paar Brocken Englisch lösen. Kurz gesagt, du kannst dich bei einer der vielen Anrainerfamilien für ein paar Tage einmieten und dich inklusive Kost und Logis noch zur letzten Affenschaukel rudern lassen.

Eines solltest du allerdings überdenken:

Diese Privattouren sind illegal, alle Wasserwege, vom Großen Fluss bis hin zum kleinsten Rinnsal werden von kleinen und schnellen Polizeibooten überwacht. Sollten sie euch erwischen, kommen auf die Vietnamesen hohe Strafen zu. Das fängt bei saftigen Geldstrafen an, kann aber auch im Wiederholungsfall zu Umsiedlungen und Gefängnisaufenthalten führen.

Es ist natürlich schwer zu verstehen, dass das viele Geld der Touristen buchstäblich am eigenen Haus vorbeischwimmt.

Obwohl „eigenes Haus" in Vietnam sicher eine Frage der Definition ist.

Schon in den fünfziger Jahren wurden von der moskautreuen Viet-Min gestützten Regierung in Nordvietnam erste Reformen erlassen, später, nach dem Abzug der Amerikaner und der unabwendbaren Übernahme der Kommunisten, auch in Südvietnam.

Diese Reformen kosteten Zehntausenden das Leben.

Zuverlässigen Schätzungen nach zog allein die Gebietsreform tausende Todesopfer mit sich.

Nicht so einfach zu verstehen, oder? Dem einzelnen sollte nichts, allen aber alles gehören?!

Ich muss „nicht" die letzte Affenschaukel sehen und mich damit zum Handlanger derer machen, die es nicht gut meinen mit den Vietnamesen, weil sie nur ihren eigenen Profit im Kopf haben.

Entschuldigung, ich komme mal wieder vom Hölzchen aufs Stöckchen.

Die drei Boote wurden von alten Frauen gesteuert, die stolz und selbstsicher auch noch die verschlungensten Windungen in diesem Labyrinth erfolgreich ansteuerten. Die Vegetation war üppig und artenreich und zwar in einer Dimension, die ich so niemals erwartet hätte.

Nach ungefähr einer Stunde fuhren wir noch zu einem Camp, in dem gezeigt wurde, wie man aus Honig und anderen Zutaten Bonbons herstellt, warum nicht?

Wieder mit dem großen Boot auf der anderen Seite angekommen, fuhren wir noch am Ufer auf und ab. Auch hier wurden uns per Lautsprecher noch viele Informationen gegeben.

Ein Wort noch zu schwimmenden Märkten.

Wenn du noch keinen gesehen hast, empfehle ich sie dir aufs Eindringlichste!

Im Mekong-Delta gibt es hunderte schwimmende Märkte und wahrscheinlich jeder ist einen Besuch wert. In den Booten spiegelt sich der üppige Artenreichtum des Landes erneut wider. Du meinst, in einer anderen Welt zu sein, wenn du zwischen den Booten durchfährst. Hinzu kommt noch, dass all deine Sinne, wie ich finde, aufs Angenehmste beansprucht werden. Stell dir vor, du isst eine Banane, „nee, geht gar nicht, Banane hatten wir ja schon ausführlich!" Nochmal: Stell dir vor, du isst eine Rambutan, (Ha-ha, schon viel besser, kennt kein Mensch) schmeckst das einzigartige Aroma, siehst Boote, die bis kurz vorm Absinken beladen sind mit exotischen Früchten, hörst Markfrauen um jeden Cent feilschen oder ein anderes undefinierbares Stimmenwirrwarr, das du nicht zuordnen kannst, riechst Gewürze, die du noch nie gerochen und auch auf keinem anderen Kontinent der Erde mehr riechen wirst, fühlst das nur leicht schwankende Boot unter dir, spürst das hektische Treiben um dich herum und willst spätestens ab jetzt jede Sekunde, ich sach ma`, nur noch „inhalieren"!

Schade nur, dass die schwimmenden Märkte, allen voran „Can Tho", immer mehr zu Touristenattraktionen verkommen. Weiche, vietnamesische Dong sind „out", harte U.S. Dollar so was von „angesagt".
Selbst der thailändische Baht wird dem Dong vorgezogen, bei einer Inflationsrate beim Dong von über 100% mehr als verständlich.
Bei aller Kritik:
Das Mekong-Delta ist meiner Meinung nach einem Muss jeder Vietnamreise und nach der Halong-Bucht ein weiteres großes Highlight Vietnams.
Die Rückfahrt und der anschließende Abend verliefen, ganz im Gegensatz zum vergangenen Abend, in geradezu beängstigender Harmonie.

„the last day"

Am Morgen kamen wir auf die Idee, zum Hafen zu gehen.
Gleich mal eins vorweg, es lohnt sich nicht, aber bekannterweise ist ja der Weg das Ziel.
Auf dem Weg zum Hafen kamen wir an eine große Kreuzung. Der Verkehr war mal wieder gnadenlos, selbst bei Grün konnte keiner der anderen dreißig Leute, die auf unserer Seite warteten, rüber.
Was jetzt kommt, ist nicht der krampfhafte Versuch, witzig zu sein oder ein Sketsch aus einer zweitklassischen Dokusoap, sondern warmer, ergreifender und „herzlicher Realismus".

Was mich wunderte, war die Toleranz und Aufgeschlossenheit, um nicht sagen zu müssen Liebe, die uns hier in Saigon gerade auch von älteren Menschen entgegengebracht wurde.

So standen wir mit unserem Stadtplan an dieser Kreuzung und wussten nicht, an welcher Stelle wir rüber sollten oder ob wir überhaupt rüber sollten.

Wo waren wir hier und wo war dieser Hafen?

Unsere Unsicherheit interpretierte eine knapp 80-jährige Frau mit einem verdammt schweren Bauchladen völlig falsch. Kurzerhand stellte sie ihren Bauchladen auf einer angrenzenden Mauer ab, nahm mich am Arm (ich nahm Karin am Arm) und zog uns vorbei an einer ängstlich staunenden Menge zum Straßenrand.

Nach einer halben Sekunde hob sie ihren linken Arm, stoppte den Verkehr und führte uns mit der Souveränität und Kühnheit eines Blindenhundes - vorbei an vielen staunenden Augen - zur anderen Seite.

Bevor wir auch nur ein Wort des Dankes sagen konnten, war sie zurück und legte gerade wieder ihren Bauchladen an.

Jetzt kommst du: Verblasst dagegen nicht jeder noch so gute Sketch zu gähnender Langeweile?

Wir konnten nicht wirklich lachen!

Nach kurzer Orientierung auf unserem Stadtplan stellten wir fest, dass wir nun völlig falsch waren.

Was sollten wir jetzt machen?

Rübergehen, an der alten Frau vorbei, um dann den richtigen Weg zu nehmen?

Rübergehen und die alte Frau zum Essen einladen?

Wir wollten die alte Frau nicht vor den Kopf stoßen, aber unsere Dankbarkeit hielt sich nachvollziehbarerweise in Grenzen. Wie nahmen eine dritte Variante, die zwar viel Zeit kostete, situationsbedingt uns aber noch als die Beste erschien:

Wir machten auf dem Weg zum Hafen einen riiiiiiesigen Umweg!

Noch an dieser Kreuzung beschlich mich das Gefühl, irgendwas vergessen zu haben, ich kam nicht

drauf, was es war, auf jeden Fall musste ich noch etwas erledigen, aber was?

Egal, vielleicht fällt es mir noch ein.

Endlich am Hafen angekommen, waren wir enttäuscht. Klar, wir hatten nicht viel erwartet, Saigon ist keine Hafenstadt und das offene Meer noch weit. Die Hafengegend hier unten rund um den doch sehr breiten Saigon-River vermittelte irgendwas zwischen „Endzeit" und „Aufbruchstimmung". Am anlege Kai sah ich zwei oder drei unerwartet große Schiffe.

Na ja, Schiffe ist vielleicht nicht das richtige Wort für diese Art von verrosteten Seelenverkäufern. Meiner Meinung nach würden sie nie wieder ablegen, und wenn doch ihr klägliches Ende nach ein paar Metern auf dem Grund des Saigon-Rivers finden.

Wir gingen weiter am Fluss und kamen zu einem extremen Kontrast.

Hier legten Schnellboote an!

Unglaublich, Hochtechnologie plus Geschwindigkeit plus Bordservice.

Die Geschwindigkeit ist schnell erklärt: Zwei außergewöhnlich starke Außenborder heben den Bug soweit aus dem Wasser, dass zwei Drittel des flachen Rumpfes über Wasser liegen und somit die Wasserverdrängung auf ein Minimum reduziert wird.

Auf diese Boote passen locker 40 Passagiere, doch aus dem Boot, das gerade angelegt hatte, stieg kein einziger aus oder ein!

Die Fahrt vom oder ins Delta dauert nur eine Stunde, warum also wollte niemand mitfahren?

Ein Blick auf die große Preisliste gab mir die Antwort auf meine Frage. Erst dachte ich, die Zahlen der Liste würden sich auf den vietnamesischen Dong beziehen. Ja denkste, nach genauerem Hinsehen stachen mir die Dollarzeichen neben den Zahlen unangenehm schmerzhaft in meine Augen.

Diese „Boote", hier auf dem Saigon-River sind so deplatziert wie „Donald Trump" bei einem Feministinnen-Kongress.

Da waren sie wieder, diese Gegensätze!

Unten im Delta Fischzuchtanlagen und industrieller Fischfang auf der einen Seite, auf der anderen Seite fährt der kleine Fischer mit leeren Netzen nach Hause.

Hier in Saigon hilft dir die alte Frau über die Straße,...ob du willst oder nicht.

Am Hafen warten altersschwache Seelenverkäufer auf ihre Abwrackung, während unbezahlbare High-tech-Speedboote auf Passagiere warten.

Du merkst, es fällt mir nicht leicht, über einen gesellschaftlichen Umbruch zu schreiben, der zweifellos

stattfindet, bei dem ich mir aber nicht sicher bin, ob er für „alle" zu einem positiven Ergebnis führen wird.
Zur gedanklichen und körperlichen Entspannung machte ich Karin ein Vorschlag:
„Lass uns zurück ins Hotel gehen, die Taschen packen und uns noch eine Weile in ein Lokal setzen".

„the last hours"

Das Lokal, in dem wir anschließend saßen, war das-selbe, in dem wir auch vorgestern waren.
Du weißt noch: die Sache mit der Fehlzündung und dem schlafendem Rickschafahrer!
Es waren auch alle wieder da, ja wirklich.
Die Frau mit Kind und Ball, der schlafende Rick-schafahrer, der heute ausnahmsweise mal nicht schlief, die Straßenkehrer, die momentan nicht mit ihrem ka-putten Moped fuhren, sondern die Straße kehrten, des Weiteren eine Blumenverkäuferin, eine - jetzt ohne Witz - Bananenverkäuferin und ein Eisverkäufer mit einem Moped, der gerade den Deckel seiner großen Eistruhe anhob, und und und…
Hier tobte das Leben!
Dieses Leben schien nicht schlecht zu sein, ich gehe noch weiter, dieses Leben schien sogar außergewöhn-lich lebenswert zu sein. Man merkt es auch daran, wie die Vietnamesen miteinander umgehen. Bei allem Stress, den sie vielleicht auch haben, war „immer" ein freundlicher Umgangston zu spüren. Ein Wink da, ein

anerkennendes Schulterklopfen hier, ein kleines Palaver irgendwo, lachen, weinen, streiten und das meistens „mit einem Lächeln".

Das hier war nicht die verdummende Dokusoap eines Privatsenders, wo Statisten wie Puppen funktionieren und Regieanweisungen entgegennehmen, die dir die heile Welt vorgaukeln sollen.

Mit Puppen meine ich natürlich die Menschen in Vietnam und das ist keinesfalls abwertend gemeint. In Vietnam werden die Menschen „noch" nicht an Seilen geführt oder mit einem unsichtbaren Gestänge gelenkt. Die eben beschriebene Szene war „Reality TV" vom Allerfeinsten!

Noch in diesem Lokal sitzend wurde ich richtig traurig, ich würde sie nicht wiedersehen, die Menschen, die uns die letzten 3 Wochen begleitet haben:

Da wären unter vielen anderen die popelnden Pagen am Billardtisch in Hanoi, die rudernde Domina auf dem Parfümfluss, der spaßige und der schlafende Rickschafahrer, der kleine Gauner als Lehrer getarnt in Hue, Mrs. Thing aus Hoi-An oder Frl. Rottenmeier und die hilfsbereite alte Dame mit dem Bauchladen in Saigon.

Einem Freund, dem ich mal die ersten 3 Kapitel dieses Reiseberichtes zum Lesen gegeben habe, sagte: „Du schreibst zwar gut, musst aber noch viel mehr ins Detail gehen.

Ist die Sache mit Sacha W. wirklich passiert und was wird mit ihm?

Die Puppen im Wasserpuppentheater, wie funktionieren sie, wie werden sie gelenkt?"

Erstaunlich, wo Prioritäten gesetzt werden.

So, jetzt frage ich dich:

Ist es wichtig, ob Sascha W. real ist oder nicht?

Ist es wichtig, wie die Puppen im Wasserpuppentheater gelenkt werden?

Ich sage einfach mal, wenn ich so detailreich schreiben würde, wie es die eine oder der andere gerne hätte, würde dieser Reisebericht in gähnender Langeweile enden.

Deshalb nur kurz:

Zu Sascha W. gehe ich noch im Epilog ein.

Zu den Puppen im Wasserpuppentheater stellt sich mir „nicht" die Frage, „wie" sie gelenkt werden, sondern „wer" sie lenkt!

Von was träumen sie hier in Vietnam, besser gesagt, von was sollen sie träumen?

Das große, gelbe, geschwungene M wird ihnen den Weg zu einer Antwort ausreichend beleuchten.

Der Geist ist noch nicht aus der Flasche!

'Bezaubernde Jeannie' ist schon aufgestanden von ihrer großen gemütlichen Couch in der Flasche, steht auf ihrem kleinen runden Tisch und drückt mit aller Kraft von unten gegen den Korken.

Noch schafft sie es nicht.

Aber eines ist sicher: 'Major Tony Nelson', sein Freund 'Roger' und viele andere werden von oben am Korken ziehen und ihr helfen, raus aus der Flasche den Weg in ein traumhaftes Leben zu finden.

Wenn du mich fragst: Tony sollte sich dafür noch etwas Zeit nehmen, seeeeehr viel Zeit.

Aus Vietnam wird noch früh genug ein zweites Thailand mit allen Vor- und Nachteilen, auch da bin ich mir sicher.

„two hours to the start"

Als wir mit dem Taxi kurz vor dem Flughafen waren, fiel mir wieder dieses große Schild auf, das mich schon bei unserer Ankunft beeindruckt hatte. Weißt du noch, was da draufstand?
Da stand mit riesigen Buchstaben, …. ich konnte es jetzt nur von hinten sehen,... von „links nach rechts" gelesen:
YTIC HNIM IHC OH OT EMOCLEW
Ok, das mit den Buchstaben ist in die Hose gegangen.
Du weißt mit Sicherheit, wie man die Buchstaben in die richtige Richtung drehen kann, ich halt nicht.
Fakt ist: Auch dieses Schild, von welcher Seite man es auch immer liest, sieht zumindest mit seiner „momentanen Aussage" seinen letzten Tagen entgegen.
In der Flughafenhalle fiel mir ein, was ich die letzten Tage quasi an jeder Kreuzung in Saigon vergessen habe. Da ich aus einer ruhigen, kleinen, beschaulichen Gemeinde, die in der Mitte Europas liegt, komme, wollte ich eine Vorsorgemaßname treffen.
Ich wusste, dass mir zum Einschlafen der Verkehrslärm fehlen würde.
So wollte ich an einer Kreuzung in Saigon mit dem Handy ca.15 Min. Mopedlärm aufnehmen, um ihn

dann in einer Endlosschleife, natürlich nur im Bedarfsfall, Zuhause unterm Bett abzuspielen zu können.
Wie du jetzt weißt, auch das habe ich vermasselt.
Beim Weitergehen kamen wir an einem Zeitungskiosk vorbei und ich guckte mir die ausgelegten Zeitungen etwas genauer an.
(Ein kleiner Seitenhieb Richtung Wikipedia sei mir noch erlaubt.)
Keine, ich betone noch einmal, „keine" der hier kaufbaren „namhaften westlichen" Zeitungen war älter als 3 Tage!

So, jetzt bin ich auch schon fast am Ende meiner „Traumreise".
Wenn dir die Puppenträume gefallen haben, sei nicht traurig.
Seit ich in Indien war, glaube ich:
„Das Ende, ist nicht das Ende, sondern der Anfang!"
Zum Beispiel der Anfang, besser gesagt der Beginn von etwas Besserem, Schönerem oder auch „nur" Interessanterem.
Da ich Religionen nicht bierernst nehme und sie meiner Meinung nach meistens, ich korrigiere mich, immer als Instrument benutzt werden, sehe ich mich oft gezwungen, nur die für mich angenehmsten Dinge aus dem großen Ganzen auszukoppeln.
Arm wie 'ne Kirchenmaus, reizt mich natürlich die Vorstellung, im nächsten Leben als Sohn reicher Eltern geboren zu werden.

Es kann aber auch sein, dass mir die Reinkarnation einen Streich spielt und mich weder als Sohn reicher Eltern, noch als Mensch zum -zigsten Mal das Licht dieser „einzigartigen" Welt erblicken lässt.

Ich muss zugeben, die Vorstellung als Hund, schlimmer noch als armer Hund das Licht in einer nicht so schönen Gegend dieser Welt zu erblicken, verursacht bei mir etwas Unbehagen.

Aber weder als Mensch, noch als Hund wiedergeboren weiß ich, dass ich im vorigen Leben ein Mensch war und wie sagt man so schön bei jeder Geburt:

„Hauptsache alles dran und kerngesund!"

Unser Flieger war 20 Min. zu spät in Singapur, trotzdem aber hatten wir noch genug Zeit, den Anschlussflug zu erreichen, …dachte ich.

An dieser Stelle noch ein kleiner Tipp von mir:

Wenn du etwas mehr Zeit bis zu deinem Abflug hast, lass dein Handgepäck nicht aus den Augen, keine Sekunde!

Die Hunde in Singapur haben außergewöhnlich gute Nasen.

Wenn du nicht als „Muli" missbraucht in einer Todeszelle auf deinen Henker warten willst, sei bitte vorsichtig.

Asiens Steuerparadies Nr.1 hat keinen „eigenen" Henker!

Sollte Bedarf da sein, werden die Henker aus Thailand oder (etwas billiger) Manila geholt.

Wie schon zum Erbrechen erwähnt, ist der Flughafen in Singapur nicht nur sauber und schön, er ist, wie wir jetzt beim Rückflug auch noch schmerzlich feststellen mussten, sehr, seeeehr groß.

Wie schon gesagt, kamen wir an „Gate 7" 20 Min. zu spät an, bis zum Anschluss Flug hatten wir aber immer noch geräumige 45 Min. Zeit.

Abflug war an „Gate 43"!

Von Gate 7 zum Gate 43 zu kommen, zumal beides im selben Terminal, sollte doch in 30 Min. keine unlösbare Aufgabe sein. Karin´s aufkommender Hektik trat ich mit Gelassenheit und eindrucksvoller Argumentation entgegen.

Ab Gate 20 aber wurden unsere Schritte etwas länger. Ab Gate 30 verdoppelten wir die Schrittzahl und ließen so etwas wie Schmerzen im Bewegungsapparat zu.

Ich mach's kurz:

Wir brauchten die ganzen „Fünfundvierzig Minuten"!

Völlig nassgeschwitzt, nach Luft ringend, mit schmerzenden Lungen und Beinen kamen wir am Tor an. Die „Boarding Time" war schon im fortgeschrittenen Zustand - um nicht sagen zu müssen, im sehr fortgeschrittenen Zustand. Der Stress hatte uns wieder und wir waren noch nicht einmal zu Hause, wir waren am Ende!

„Und ich bin es mit meiner Reisegeschichte jetzt auch."

So, ich hoffe, dir hat mein Menü geschmeckt, du hast auch die ungeschliffenen Bissen gut schlucken können und konntes alles gut (natürlich nur rein bildlich gesprochen) verdauen.

Auch warst du dir hoffentlich der Gefahren bewusst, die durch unkontrolliertes Lachen beim Essen entstehen können.

Da ist schon so manches in den „falschen Hals" gekommen!

Zur erhellenden Abrundung als Nachtisch ist noch der anschließende Epilog zu empfehlen, muss aber auch nicht sein.

Wenn du beim Lesen nur halb so viel Spaß hattest wie ich beim Schreiben, sehe ich einer weiteren Begegnung mit dir positiv und durchaus humorvoll entgegen....

Diese Begegnung wird kommen, du wirst es vielleicht nicht gleich merken, aber sie wird kommen. Vielleicht wird sie besser, interessanter und schöner, aber auch nur vielleicht.

Das Ende ist nicht das Ende, sondern der Anfang!

Du musst nur „glauben".

Von allen, die nicht weiterlesen, verabschiede ich mich jetzt zum ersten und letzten Mal.

Für dein aktuelles Menschenleben wünsche dir Gesundheit und Zufriedenheit, bis zum

-----ENDE-----

„In diesem Sinne, ein dickes Tschüss von einem, der Spaß am Reisen und Schreiben hat."

Epilog, Erklärungsversuche und mehr

Es wird mir keiner von euch glauben, aber darauf, diesen Epilog zu schreiben, freute ich mich schon, bevor ich mit den „Puppenträumen" überhaupt anfing.

Böse Zungen werden behaupten, einer, der so schreibt, frisst kleine Kinder, riecht an Mamas Schlüpfer und steckt Häuser an.

Diesen „bösen Zungen" muss ich energisch widersprechen.

Weder fresse ich Kinder welcher Größe auch immer, noch stecke ich Häuser an.

Ich bin einer, der am Samstagmorgen die Straße kehrt, nicht zu früh, denn der frühe Vogel fängt zwar den Wurm, aber:

„Vögel, die am Morgen singen, holt abends die Katze." (Konfuzius)

Auch bin ich einer, der mehr oder weniger regelmäßig den Rasen mäht.

Und das Beste zum Schluss:

Spätestens nach der dritten Aufforderung bringe ich brav, wenn auch meistens mit etwas gedämpfter Euphorie, den Müll runter.

Ich bin also nicht nur normal, sondern „ultra-normal".

Das festzustellen, auch auf die Gefahr hin zu langweilen, ist mir wichtig.

Jetzt aber endlich zu Anfang, Aufbau und Strukturierung der „Puppenträume".

„Was andere können, kannst du doch auch", dachte ich.

So wollte ich einen Reisebericht von maximal fünf bis sechs DIN-A4 Seiten schreiben.

Nase war's.

„Was andere können, kann ich noch lange nicht."

Also konnte ich meine immerhin schon vier geschriebenen Seiten mitsamt meiner

Anfangseuphorie bedenkenlos in die Tonne kloppen.

So ging es einfach nicht, aber verdammt nochmal, wie dann?

Weder wollte ich von Never-Again Jacken schreiben, noch von Elefanten, die sich auf Menschen setzen. Auch vor Menschen, die ihre Notdurft in fremden Reisetaschen verrichten, wollte ich nicht nur aus gesundheitlichen Gründen einen angemessen respektvollen Abstand halten.

Ich wollte mit meiner Geschichte nicht unbedingt reich werden, deshalb sollten meine

Puppenträume auf keinen Fall als lustiger, sinn- und kritikfreier Brei durch die Zahnräder der Matrix sickern.

Also, wie schreiben?

Beim zweiten Versuch war mir egal, ob es nun zwanzig oder dreißig Seiten werden, ich wollte die Puppenträume durchziehen, und dass meinen begrenzten Fähigkeiten entsprechend angemessen.

Damit aber, fing das Chaos an.

Ich schrieb mehrere Kurzgeschichten, halbe Kapitel, ja selbst vor Einzelsätzen schreckte ich nicht zurück.

Anschließend legte ich den Salat in Word ab und fertig.

Na also, geht doch.

Nichts ging, spätestens jetzt, ging gar nichts mehr.

Wie du schon weißt, obwohl ich es zu diesem Zeitpunkt (für mich „Echtzeit") noch gar nicht geschrieben hatte, sind meine Fähigkeiten am PC etwas begrenzt.

Echtzeit:

Ich schreibe diesen Prolog zu einer Zeit, zu der du noch nicht wissen konntest,

dass ich die letzten zwei Kapitel noch nicht geschrieben habe.

Ich muss logischerweise über meine nicht vorhandenen PC-Kenntnisse spätestens bis zum Ende der Geschichte erst noch schreiben.

Da ich die Fragmente dummerweise nicht chronologisch abgelegt, sondern frei Schnauze übereinandergestapelt hatte fingen jetzt meine Probleme an.

„Das Kapitel muss dahin, die Geschichte muss nach da, dieser Satz zwischen diesen und jenen, und der Prolog, das ist leicht, einfach nur an den Anfang, Mist ich habe ja noch keinen Anfang."

Es war so, als müsste ich ein Puzzle zusammenbauen, bei dem sie mir die Randteile geklaut hatten.

Irgendwann hatte ich auch das geschafft, na ja, mehr oder weniger gut.

Ich musste also nur noch die Lücken zuschreiben.

Auch das leichter gesagt als getan.

Die beiden Storys 'Bonanza' und 'Miami Vice' sollten als Brücke dienen.

Brücke vom Anfang zum Ende.

Brücke zu hundert Jahre USA.

Vor allem aber Brücke von oben nach unten.

Da ich diese und andere Puzzleteile mehr mit dem Vorschlaghammer als mit der spitzen eloquenten Feder eingepasst habe, sollten Slang, Tempo und Rhythmusschwankungen leider die Regel sein.

Ich bin mir bewusst, unbewusst ziemlich subtil geschrieben zu haben, ja, es wurde mir des Öfteren aus den eigenen Reihen vorgeworfen, mit den Puppenträumen nur manipulieren zu wollen.
Wenn das wirklich bei dir auch so rüberkommt, hier meine aufrichtige Entschuldigung, es steckt keinerlei Absicht dahinter.
Ich wollte erklären und aufklären, nicht manipulieren, letzteres muss ich anderen überlassen, „leider".
Wenn du irgendetwas in dieser Geschichte nicht verstanden hast, such bitte den Fehler nicht bei dir, sondern bei mir.
Es liegt mit Sicherheit an meiner stümperhaften Art, mich auszudrücken.
Trotz der Dichte und des vielen Inputs dieser Story habe ich hoffentlich bei dir noch genügend Platz für eigene Gedanken und Fantasien gelassen.

Bevor ich es vergesse, alles in den Puppenträumen Erzählte entspricht der Wahrheit (oft müsste es auch heißen, es entspricht „leider" der Wahrheit) und ist von mir genau so erlebt worden, mit Ausnahme von Sascha W.
Ich gebe es zu, Schande über mich.
Sascha W. ist von mir erstunken, erlogen und als Werkzeug missbraucht worden!

Obwohl sich die Geschichte von Sascha W. bestimmt mehrmals im Jahr so oder ähnlich in Deutschland ereignen könnte.

Bevor ich dich in diesem Epilog mit meinen Erklärungen noch langweile, jetzt und hier nur noch ein paar Worte zur Zielgruppe.

Am Anfang im Prolog habe ich geschrieben, dass ich für jeden schreiben wollte.

Das aber ist nicht nur schwierig, sondern für mich auch unmöglich.

Du machst dir, während du schreibst, nur unnötige Gedanken.

Beispielsweise:

„Ist das jetzt verstanden worden, oder soll ich doch anders schreiben?"

Irgendwann habe ich aufgegeben, mir diesbezüglich Gedanken zu machen und das war auch gut so, es versaut Rhythmus, Tempo und bringt dich nur ins Stolpern.

Die, die es lesen sollten, werden es nicht lesen.

Sie fahren keine großen Autos, und im Urlaub geht's nach Malle, nicht nach Vietnam.

Trotz allem, die Fragezeichen in den Köpfen von Aische Ergün aus Berlin-Wedding oder Kevin Koslowski aus Köln-Porz sind mir lieber als das süffisante Lächeln der attraktiven Apothekergattin aus Bad Reichenhall.

Eins noch:

Weißt du eigentlich, wer in besagtem Jahr Deutscher Meister geworden ist?

Ich trau's mich fast nicht zu schreiben, du ahnst es natürlich, das Unfassbare war eingetreten............
„Bayeln Munche"!
Wenn du ein verlässliches Orakel suchst, also ich kenne da jemanden in Vietnam.........

Noch eins:
Die Ampel, du weißt noch, am Anfang die „rote Ampel", da ist nie was gekommen, vielleicht war sie doch, wie so vieles, nicht ganz so rot, wie ich dachte.

So, ich hoffe, ich konnte dich mitnehmen auf meine Reise, du konntest mir folgen und bist auch bei mir geblieben.
Ich wünsche dir viel Gesundheit, auch oder vor allem, oberhalb der Halswirbelsäule.
Wie du schon weißt, muss ich jetzt die letzten zwei Kapitel (die du schon gelesen hast) noch schreiben.
Den Anfang der Puppenträume sowie den Anfang eines weiteren Romans, dem Hundeleben, den ich vor den Puppenträumen angefangen hatte und bis heute (wieder für mich Echtzeit) noch nicht fertiggestellt habe, kannst du natürlich auch noch lesen.
Wer also wissen will, warum es ausgerechnet ein junger US-Amerikaner und ein behinderter bolivianischer Mischlingsrüde waren, die uns zur vorzeitigen und überstürzten Vietnamreise trieben, sollte weiterlesen.
Das letzte Kapitel, mit den beiden Anfängen ist irgendwas zwischen „Coitus Interruptus" und dem allseits bekannten „ach soooo Effekt".

Hört sich kompliziert an, ist aber total easy.
Es sind nur noch ein paar Zeilen, versuch es einfach
mal, trau dich.
Tschüss, vielleicht bis demnächst beim
„Hundeleben".

13. „two beginnings"

Hundeleben und Puppenträume

1. Potosí I	Die Kraft der Religion
1. Göttingen	Die Ampel

Es war ein seltsamer Tag, dieser zweite Sonntag im Monat kurz vor Weinachten.

Mystisch abgestuft und faszinierend elegant zog sich der Nebel den Berg hinauf, jenen Berg, den alle nur den Berg der Hoffnung nannten.

Der Raum zwischen den glatten dichten Nebelschichten war sehr eng, manchmal nur einen Meter. Es konnte passieren, dass die Füße im Nebel standen und auch der Kopf, dazwischen aber hatte man glasklare Sicht und das Gefühl, das Gehör eines Hundes zu haben.

Auf dem Dach des kleinen alten Hauses lag schwer die Nebelwand, von weit draußen drang Hundegebell herüber, und hier irgendwo an der Hauswand unter dem Nebel fiepte es.

Es war leise dieses Fiepen und wurde immer leiser.

Durch das Fenster drang angenehm weiches flackerndes Kerzenlicht und zog sich an der Hauswand hoch bis zur Nebelschicht, ein beängstigendes, wenn auch faszinierendes Szenario.

Pedro stand mit seinem sauberen Sonntagsponcho vor einem kleinen Altar neben der Feuerstelle seines Hauses.

Vor zehn Minuten noch hatte er vergeblich versucht, den alten - durch verdrecktes Dieselöl lahmgelegten - Generator zu reparieren.

Pedro, mit dem es das Leben in den vergangenen Jahren nicht gut gemeint hatte, schüttete ein paar Tropfen billigen Fusel aus der großen Flasche vor den Altar und murmelte gebetsmühlenartig die Worte Pacha Mama vor sich hin.

Der erste Schluck aus der Flasche lief wohltuend wärmend und entspannend in seinen leeren Magen. Seine Frau Maria hatte das letzte Huhn geschlachtet, das nun zusammen mit ein paar Reiskörnern in einem Topf über dem Feuer köchelte.

Der Hunger war in seiner Familie allgegenwärtig, aber so schlimm wie in den letzten Monaten hatte er es noch nicht erlebt. Er schämte sich vor seiner Familie und nahm sich vor, heute nichts zu essen.

„Gott, gib mir Kraft", betete er leise.

Eine Sekunde später bebte die Erde.

Von der Tür her hörte man ein Fiepen und ein Kratzen.

Seine Frau Maria und seine Kinder, die siebenjährige Carla und der zwölfjährige Carlos, die am Tisch vor leeren Tellern sowie flackernden Kerzen saßen, hörten es genauso wie Pedro selbst.

Mit einer Handbewegung machte er unmissverständlich klar, dass niemand vom Tisch aufstehen sollte.

Seine Aufmerksamkeit galt jetzt erstmal den drei Dynamitstangen, die im Regal über dem Altar langsam von einer Seite auf die andere rollten.

Warum machten sie das?

Der Sonntag war heilig, warum also sonntags in den Berg gehen und auch noch sprengen.

Waren andere noch ärmer als er, musste bald sieben Tage in der Woche gearbeitet werden?

Silber wurde schon lange nicht mehr gefunden und selbst das Kupfer, das meist in die U.S.A. exportiert wird, wurde immer weniger.

War es, beifallenden Kupferpreisen das Risiko und die Schinderei noch wert?

Sofort wurde er an seine eigene letzte Sprengung erinnert, bei der sein Sohn Carlos schwer verletzt wurde.

Pedro war sein eigener Herr, er hatte das Haus, den Claim, die Schürfrechte von seinem Vater geerbt. Seit dem Unfall mit Carlos aber wusste er nicht mehr, ob er dieses gut finden sollte.

Zusammen mit den anderen Mineros jeden Morgen in den Berg zu fahren und abends wieder zurück in die Stadt hatte natürlich auch Vorteile.

Kinderarbeit gab es nach wie vor, auch noch in der großen Bergbaugesellschaft, Carlos aber, wäre nie in so eine gefährliche Situation gekommen, und wenn doch, hätte man ihn rechtzeitig ärztlich versorgen können.

So aber wurde sein Kopf wegen mangelhafter Abstützung der Stollendecke bei der Sprengung zwischen zwei Felsbrocken eingeklemmt.

Nach einer Stunde konnten sie ihn mit Hilfe eines Nachbarn befreien.

Eine weitere Stunde dauerte es, bis sie unten in Potosí beim Arzt waren.

Carlos verlor sei linkes Auge, sein Wangenknochen wurde zerschmettert, und durch die Sauerstoffunterversorgung nahm sein Gehirn irreparablen Schaden.

Pedro riss sich mit einer schnellen Kopfdrehung aus seinen Gedanken und kniete sich unter Schmerzen vor den Altar.

Er war erst 36 Jahre, aber seine rechten Backenzähne waren weit über die Schmerzgrenze hinaus runtergekaut, die rechte Wange sah aus, als wäre sie auf das Doppelte angeschwollen und hing weit nach unten, noch unter den Unterkieferknochen.

Er bekreuzigte sich, nahm sich ein paar getrocknete Blätter vom Altar und schob sie sich in seine rechte Wange, sofort spürte er die Kraft, die ihm Gott verlieh.

Langsam, sehr langsam stand Petro auf, schaute in das ausdruckslose Auge seines Sohnes, ging am Tisch vorbei und drückte den Griff der Türe nach unten.

Das Kratzen hörte augenblicklich auf, das Fiepen aber wurde lauter.

Pedro sah seiner Frau in die Augen.

Maria wusste sofort, was zu tun war, drehte den Kopf von Carla weg von der Tür und sagte ihrer Tochter, sie solle sich die Ohren zuhalten. Anschließend ging sie zu ihrem Mann, der gerade die Tür geöffnet hatte.

Maria und Pedro guckten mit Entsetzen auf den etwa drei Wochen alten hellbraunen Mischlings-Welpen vor ihren Füßen.

Der arme Rüde war behindert, er hatte nur drei Beine, das rechte Vorderbein fehlte. Das Ehepaar wusste gleich, was das Beste für den Hund und die hungrige Familie sein würde.

Pedro stopfte den Rüden in eine alte Tasche, die immer an der Hauswand hing, hängte sie an Marias Schulter und ging ins Haus zu seinen Kindern.

Wegen des Nebels musste Maria gebückt an der alten Lohre vorbeigehen, die schon bessere Zeiten erlebt hatte und jetzt schon seit Jahren verrostet auf der Seite lag. Wäre sie aufrecht gegangen hätte ihr Kopf orientierungslos im Nebel gesteckt.

Für Maria gab es momentan kein unten und kein oben, dennoch kannte sie die grobe Richtung. Es waren nur dreißig Meter zu dem Hackklotz, an dem sie vor zwei Stunden das Huhn geköpft hatte.

War es außergewöhnlich?

War es gruselig?

War es göttlich?

Maria sah die Sonne, die rund um den Hackklotz die Szene erleuchtete.

Die Angst war auf der Stelle weg, eben noch Zweifel über die Richtigkeit ihres Handelns, jetzt aber die göttliche Bestätigung.

Die Sonne hatte zufällig an der dünsten Stelle der Nebelbank ein kreisrundes Loch gebrannt.

Das Zappeln in der Tasche und die blutigen Federn rund um den Hackklotz interessierte sie nicht mehr, als sie das blutige Beil aus dem Hackklotz zog.

Sie fasste mit der linken Hand in die alte Tasche und zog den Welpen an seinem einzigen Vorderbein heraus. Danach versu..... .

Scheiße!...... Verdammte Scheiße!!!
Glaub mir, als ich einen Blick in die rechte untere Ecke meines Bildschirms warf, fielen mir alle meine Sünden ein. Die Uhr zeigte mir an, dass ich locker zwanzig Minuten zu spät war, wie sollte ich das meinem Schwiegersohn erklären?
Sollte ich ihm sagen, dass ein dreibeiniger bolivianischer Hund mir wichtiger war als eine pünktliche Verabredung mit ihm?
Ich riss den Autoschlüssel vom Schlüsselbrett, zog die Türe zu hinter mir zu und nahm drei Treppenstufen auf einmal!
Kurze Zeit später:
Mein US-amerikanischer Schwiegersohn Daniel H. aus Minnesota machte mich vorsichtig, aber unmissverständlich darauf aufmerksam, dass er etwas in Eile wäre. Er müsste pünktlich am Bahnhof sein und sagte: "Wenn du so weiterfährst, schaffen wir das nie". Ich war einigermaßen erstaunt über Dan, der im Allgemeinen eine Gelassenheit und Ruhe an den Tag legte, die man im weitesten Sinne schon als "nervend" bezeichnen könnte. Damals war das aber nicht der Fall.
Er tat mir auch ein bisschen leid, wie er so dasaß, an seinen Fingernägeln kaute und alle zwanzig Sekunden auf die Uhr im Armaturenbrett schaute. Um ihn etwas zu beruhigen, sagte ich ihm: "Dan, wir schaffen das."
Er sagte: "So nicht, und der Zug wartet nicht auf

mich." Ich weiß gar nicht warum, aber plötzlich beschlich mich das Gefühl, dass nichts oder niemand auf die Amerikaner wartete, wenn sie es eilig hatten.

O.K.. Er hatte ja Recht, ich habe ihn viel zu spät abgeholt. Ungefähr zwanzig Minuten zu spät, weil ich meine Augen nicht von diesem verdammten Computerbildschirm lassen konnte. "Irgendetwas" habe ich ihm erzählt, nur nicht die Wahrheit, das konnte ich einfach nicht. Jetzt lag alles an mir, und ich musste das Beste daraus machen.

Wir mussten in fünfzehn Minuten am Bahnhof sein, war das überhaupt zu schaffen? Dan hatte nach wie vor ernsthafte Zweifel und ich mittlerweile auch. Der Berufsverkehr hatte eingesetzt, was der ganzen Aktion noch etwas zusätzliche Spannung gab.

Wenigstens hatten wir Sonnenschein in Göttingen, als wir uns am 23.10. gegen 15:30 Uhr der Kreuzung näherten. "Warum fährt der Ar… denn mit dreißig auf eine grüne Ampel zu", fragte ich?

Dan zuckte mit den Schultern, und ich setzte zum Überholen an.

Als mich die Blitze aus heiterem Himmel trafen, einer von vorn und einer von hinten, fragte ich mich:

War das das Ende?

Dreht sich die Erde nicht mehr?

Ist die Apokalypse schon da?

Diese oder ähnliche Fragen brauchst du dir erst gar nicht zu stellen, wenn du wie ich gerade eine Blitzampel bei Rot überfahren hast……………

Um die Frage, die sich natürlich jetzt aufdrängt, zu beantworten, wie ich es auch mit allen anderen Fragen in der folgenden Geschichte noch machen werde:
Na klar, Dan hat seinen Zug noch erreicht. Am Bahnhof waren wir geschlagene zehn Min. zu spät, aber der Zug, um den es ging, hatte "fünfzehn Minuten Verspätung."
Vielleicht hatte er ja doch noch, irgendwo auf jemanden gewartet?

Mein Dank geht an alle, die mich, wie auch immer, unterstützt haben.

An alle, die gerade bei meinen „ersten" Entwürfen eine optische sowie aber auch akustische Folter über sich ergehen ließen und trotz anderer Meinung in Bezug auf den Inhalt, für mich, noch ein paar Worte des Weitermachens gefunden haben.

Ganz besonderer Dank, geht an Astrid.

Astrid du hast mit mühevoller und mit Sicherheit zeitaufwändiger Arbeit dieses abgefahrene und chaotische Etwas von einem Reisebericht erst lesbar gemacht.

Dafür an dieser Stelle noch ein dickes

„Danke"

Zeitfracht Medien GmbH
Ferdinand-Jühlke-Straße 7
99095 Erfurt, Deutschland
produktsicherheit@kolibri360.de